Novela de ajedrez

Contemporánea
Narrativa

STEFAN ZWEIG

NOVELA DE AJEDREZ

Traducción de Alfredo Cahn

Prólogo de David Fontanals

AUSTRAL

ESPASA

Obra editada en colaboración con Editorial Planeta – España

Título original: *Die Schachnovelle*
Stefan Zweig

© de la traducción, Alfredo Cahn, 1945
© de la traducción revisada y del prólogo, David Fontanals, 2023
Diseño de la portada: Austral / Área Editorial Grupo Planeta

© 1945, Editorial Planeta, S. A., – Barcelona, España

Derechos reservados

© 2023, Editorial Planeta Mexicana, S.A. de C.V.
Bajo el sello editorial AUSTRAL M.R.
Avenida Presidente Masarik núm. 111,
Piso 2, Polanco V Sección, Miguel Hidalgo
C.P. 11560, Ciudad de México
www.planetadelibros.com.mx

Primera edición impresa en España en Austral: mayo de 2023
ISBN: 978-84-670-6986-0

Primera edición impresa en México en Austral: septiembre de 2023
ISBN: 978-607-39-0446-9

Impreso en los talleres de Impresora Tauro, S.A. de C.V.
Av. Año de Juárez 343, Col. Granjas San Antonio,
Iztapalapa, C.P. 09070, Ciudad de México
Impreso y hecho en México - *Printed in Mexico*

Biografía

Stefan Zweig (Viena, 1881 - Petrópolis, 1942) fue uno de los escritores más polifacéticos de la primera mitad del siglo XX. De origen judío, tras recibir el doctorado en la Universidad de Viena empezó a viajar, actividad a la que dedicaría gran parte de su vida. Durante la Primera Guerra Mundial se trasladó a Zúrich, donde se adhirió a las causas pacifistas del escritor francés Romain Rolland. Más tarde volvió a su país, concretamente a la ciudad de Salzburgo, pero el ascenso del nazismo le obligó a exiliarse. Así, Zweig y Lotte Altmann, su segunda esposa, se instalaron primero en Londres y más tarde, en 1941, se embarcaron rumbo a Brasil, donde tan solo un año después, profundamente desilusionados por el ambiente bélico que imperaba en toda Europa, decidieron poner fin a sus vidas. Aunque la popularidad de Stefan Zweig se cimentó sobre novelas como *Carta a una desconocida* (1922), *Veinticuatro horas en la vida de una mujer* (1927) o *Confusión de sentimientos* (1927), también cultivó magistralmente el género biográfico, el teatro, el cuento y el ensayo. Su autobiografía *El mundo de ayer* (1942), publicada póstumamente, sigue siendo uno de los mejores testimonios de la decadencia de la Europa finisecular. Tras algunas décadas en las que sus obras se vieron inexplicablemente ignoradas, Stefan Zweig ha sido recuperado y actualmente goza del prestigio y la popularidad que por justicia literaria le corresponden.

La última partida de Stefan Zweig

El 21 de febrero de 1942, dos días antes de poner fin a su vida junto a su segunda esposa, Lotte, en su casa de Petrópolis, Brasil, Stefan Zweig despachó tres copias manuscritas de la que sería su última obra: dos de ellas camino a Nueva York, dirigidas a su editor americano, Ben Huebsch de la Viking Press, y a Gottfried Bermann Fischer, que se encargaría de publicar la obra en alemán en Estocolmo bajo el sello de la Bermann-Fischer Verlag, casa literaria de los autores en lengua alemana exiliados tras la ocupación de Austria en marzo de 1938 por parte de las tropas de Hitler. La tercera copia iba dirigida a Alfredo Cahn, traductor argentino de la obra de Zweig y amigo personal del autor, cuya labor recuperamos en esta edición. Inmerso en la escritura de varios proyectos —entre ellos un ensayo sobre Michel de Montaigne y una biografía de Balzac, que quedarían inconclusos, y sus célebres memorias, *El mundo de ayer*, tituladas en su primer borrador de julio de 1941 «Una mirada retrospectiva sobre mi vida»—, los últimos años de vida del escritor austríaco (judío, europeo, ciudadano del mundo) rezuman la desazón y la incerteza, la desorientación y el desarraigo, de un mundo, y una existencia, condenados a desaparecer.

Stefan Zweig había abandonado Europa definitivamente el 25 de junio de 1940 a bordo del Scythia, que zarpó de los muelles de Liverpool en dirección a Nueva York. Dos días después de su llegada, se embarcaría con su mujer en un vapor con destino a Río de Janeiro, con la intención de culminar su investigación para el monográfico *Brasil. País de futuro* (1941), donde trasplantaría las coordenadas de su utopía europea al suelo del Nuevo Mundo. Un año más tarde, del 15 al 27 de agosto de 1941, tras una estancia en Nueva York y Ossining, donde trabajó en sus memorias junto a su primera esposa, Friderike, Zweig realizaría ese mismo trayecto, esta vez definitivo, a bordo del S.S. Uruguay, un viaje que con toda probabilidad inspiró la escritura de *Novela de ajedrez*. Dos semanas más tarde, el 17 de septiembre, alquiló por un período de seis meses la que sería su última residencia en el número 34 de la Rua Gonçalves Dias, donde acabaría de dar forma al relato.

Del proceso de creación de dicho manuscrito,

que Zweig dejó sin titular, nos llegan noticias de la mano del propio autor, que muestra en su correspondencia privada una cierta incomodidad, o incluso incomprensión, ante su propia producción que acabará formando parte de su encanto y riqueza. En una misiva dirigida al guionista y director de cine austríaco Berthold Viertel, fechada el 28 de octubre de 1941, Zweig le informa de que tiene entre manos una «curiosa novela de ajedrez», con una «filosofía del ajedrez» incorporada, que irá adquiriendo vida propia hasta quedar, como admitirá el propio autor al mismo Viertel dos meses más tarde, a medio camino entre sus *novellas* que tanto éxito le cosecharon a nivel internacional en los años treinta y «una narración de mayor extensión». De un modo aún más contundente, y como muestra de la mirada crítica con que el propio creador contemplaba su obra, en una carta de 15 de enero de 1942, Zweig explicaba al novelista y dramaturgo alemán Hermann Kesten que había escrito una novela en un formato un tanto desafortunado, «demasiado larga para un periódico o una revista, demasiado corta para un libro, demasiado abstracta para el gran público». Con todo, esta «curiosa» novela de ajedrez —inicialmente destinada a una edición no venal para un «club de bibliófilos», que se publicaría en diciembre de 1942 en Buenos Aires de la mano de la editorial Pigmalión— dejó una profunda huella en el corazón de su creador. Esta edición en alemán de trescientos ejemplares fue precedida tres meses antes por la primera edición del texto, que vio la luz en Brasil como parte del volumen *Três Paixões. Três novelas*, traducida por Odilon Gallotti con el título *A Partida de Xadrez*. La segunda edición en alemán llegaría en 1943 de la mano de la editorial Bermann-Fischer en Estocolmo.

Producto de la fascinación por aquello que se resiste a encajar en los moldes preestablecidos, y al abrigo del misterio de la creación artística, la última incursión de Stefan Zweig en el mundo de la ficción acabará convirtiéndose en una sus obras más conocidas, traducida a más de cuarenta idiomas, una exitosa lectura escolar, y una pieza indispensable de la literatura universal. Como ya se ha dejado entrever, parte del éxito de esta obra de madurez reside en su irreductibilidad, en su resistencia a la interpretación inequívoca, unidireccional, que se fundamenta a su vez en una tupida red simbólica y discursiva que aúna autobiografía e historia, estudio científico e imaginación. Sin ir más lejos, y aunque no se inspira en ninguna figura o evento histórico concretos, parece evidente que bajo la trama subyacen las noticias que llegaban desde Austria tras la subida al poder del nacionalsocialismo en 1938: los interrogatorios y torturas de la Gestapo en el hotel Métropole, las redes de espionaje y los bienes requisados, la huida al Nuevo Mundo, etc. Con todo, difícilmente puede entenderse *Novela de ajedrez* como un mero ensayo o comentario político.

Así pues, otra parte de la crítica ha defendido que el valor de la obra yace en su atemporalidad, en entender la novela como estudio caracterológico, un experimento psicológico que pretende llevar al extremo dos personalidades tan singulares enfrentadas entre sí. En este sentido, el encuentro entre el doctor B. y Mirko Czentovic serviría como herramienta de desarrollo argumental y simbólico para explorar el conflicto entre barbarie y civilización, brutalidad y educación, conciencia y violencia, pensamiento y acción, evocando otras recreaciones ficcionales de la misma contienda en la obra de Zweig: Erasmo contra Lutero, Castellio contra Calvino, Cicerón contra César y Antonio... Asimismo, se ha leído el texto como una aproximación a la naturaleza del trauma; o como una iteración de la obsesión de Zweig por aquellos individuos, empezando por la figura bíblica de Jeremías (*Jeremías. Poema dramático en nueve cuadros*), que se erigen como «vencedores» (espirituales) en la derrota; e incluso se ha ensayado la lectura en clave autobiográfica, viendo en el doctor B. un trasunto del autor y en su enajenación e intento de romper el cristal para huir de su encierro, una alusión al trágico final de Zweig.

Para concluir este prólogo, y dejar que el lector acompañe a Zweig en este último viaje, quisiera sugerir una clave de lectura que reúne en cierto modo los esfuerzos hermenéuticos de estas interpretaciones aparentemente tan dispares, poniendo de relieve el valor de la obra desde nuestro prisma actual. Si empezamos por abordar la lectura de *Novela de ajedrez* en clave biográfica, y a pesar de la simpatía que el narrador muestra por el personaje del doctor B., cuesta ver en el educado jurista, cercano a los círculos monárquicos y católicos de la vieja Austria, un ejemplar del moderno intelectual cosmopolita. Y, sin embargo, hay mucho del compromiso de Zweig con su particular visión del mundo, y en especial de Europa, en la historia del enfrentamiento entre el doctor B. y el (casi analfabeto) campeón de ajedrez Mirko Czentovic. En esta dirección, *Novela de ajedrez* puede concebirse como un epílogo de la lucha de Zweig en los años treinta contra el fanatismo y la radicalización de la política, lo que se engarza a su vez con la defensa del humanismo como pilar fundamental de su idea de Europa.

El humanismo de Zweig, lejos de ceñirse a una época o movimiento histórico, debe entenderse como una suerte de mandato ético basado en la tolerancia, la libertad, la paz, y el entendimiento mutuo más allá de toda frontera. Como parte de su militancia humanística, Zweig dedica gran parte de su obra a combatir aquellas fuerzas contemporáneas que amenazan con deshumanizar al individuo, haciendo hincapié en el auge de las ideologías y movimientos políticos basados en el pensamiento único, en la defensa de lo «monótono» y en la consecuente anulación de la singularidad y la diferencia, que se traduce en una de sus ramificaciones en la arcana tensión —que tan vigente nos resulta en pleno siglo veintiuno— entre lo nacional y lo europeo. Desde esta perspectiva, la exploración del sujeto «monomaníaco» que tanto fascina al narrador de *Novela de ajedrez* —«pues cuanto más se limita un individuo, tanto más cerca se halla, por otra parte, del infinito, dado que esos seres aparentemente distantes del mundo se construyen [...] una síntesis del mundo singular y absolutamente única»— acaba convirtiéndose en una advertencia sobre las consecuencias de habitar tales «abreviaturas» del mundo.

En su afán por estudiar las profundidades del alma humana y coleccionar tipos psicológicos a través de su obra, Stefan Zweig ya se había acercado con anterioridad a la figura del monomaníaco. No obstante, cuando posee a un espíritu creativo, guiado por la voluntad de ensanchar las fronteras y horizontes de la experiencia humana, como es el caso del navegante Fernando de Magallanes (*Magallanes. El hombre y su gesta*), el explorador británico Scott («La lucha por el Polo Sur»), o el empresario estadounidense Cyrus W. Field («La primera palabra a través del océano»), dicha obsesión se traduce en una ganancia para la humanidad, o adquiere, como mínimo, un cierto tinte de ejemplaridad. En el peor de los casos, la figura del librero Jakob Mendel (*Mendel, el de los libros*), aunque termina consumido por su mono-

13

una advertencia aún más funesta. Sometido a una deshumanización forzosa, producto de una tortura basada en el aislamiento total del individuo y en la eliminación de las coordenadas espaciotemporales que anclan su subjetividad a la realidad, lo que parecía su salvación acaba por atraparlo en el juego del poder. El libro de ajedrez que lo salva de la nada lo condena, al mismo tiempo, a un proceso de degeneración mental. Una sed insaciable por el poder y la victoria toma el control del cuerpo y de la mente del doctor B.; su voluntad ha sucumbido a una visión del mundo dominada por figuras blancas y negras destinadas a destruirse mutuamente.

A la luz de estas reflexiones, *Novela de ajedrez* se erige como un alegato contra los abusos de una visión de lo político basada en la confrontación, en el ejercicio de la fuerza y la imposición de la autoridad sobre el otro. En la contienda final entre el doctor B. y Czentovic, el tablero de ajedrez se convierte en el campo de batalla de las luchas contemporáneas, las de Zweig y las nuestras, en el terreno nacional, europeo y global, donde no hay lugar para la mediación, donde el fanatismo, el odio y la ideología de los extremos prevalecen a costa de la humanidad del individuo y la colectividad; atrapada en una escisión dicotómica insalvable entre amigos y enemigos, la Europa de Zweig se consumió en las llamas del fuego fratricida. Es nuestra responsabilidad pasar la mano

Nota editorial

En la presente edición de *Novela de ajedrez* reproducimos la traducción de Alfredo Cahn que Espasa-Calpe publicó en la colección Austral en 1945. Para esta nueva presentación, el texto ha sido revisado por David Fontanals.

Novela de ajedrez

Debí revelar con mi gesto una gran ignorancia ante esa noticia, pues mi interlocutor agregó enseguida a modo de explicación:

—Mirko Czentovic es el campeón del mundo de ajedrez. Acaba de recorrer Estados Unidos, de este a oeste, participando en torneos, y ahora se dirige a Argentina a la búsqueda de nuevos triunfos.

Entonces recordé efectivamente el nombre del joven campeón del mundo e incluso algunos pormenores de su carrera meteórica; mi amigo, un lector de periódicos más asiduo que yo, estaba en condiciones de completarlos con toda una serie de anécdotas. Aproximadamente un año atrás, Czentovic se había colocado de repente a la altura de los maestros más consagrados del arte del ajedrez, como Allekhin, Capablanca, Tartakover, Lasker, Bogollubov; desde la presentación, en el torneo de Nueva York de 1922, del niño prodigio de siete años Reshevsky, nunca la irrupción de un jugador absolutamente desconocido en el glorioso gremio había despertado una sensación tan unánime. Porque las dotes intelectuales de Czentovic no parecían augurarle una carrera tan brillante. No tardó en revelarse el secreto y difundirse la noticia de que el flamante maestro del ajedrez era incapaz, en su vida privada, de escribir una frase sin faltas de ortografía, en el idioma que fuese, y, según el decir burlón y rencoroso de uno de sus colegas, «su ignorancia era en todas las materias igualmente universal». Era hijo de un miserable barquero eslavo del Danubio, cuya barca fue hundida una noche por un vapor cargado de cereales. El entonces niño de doce años fue acogido a la muerte de su padre, en un acto de piedad, por el párroco del apartado lugar, y el buen sacerdote se esforzó honradamente para compensar a fuerza de paciencia lo que el niño, avaro de palabras, apático y de ancha frente, no era capaz de aprender en la escuela de la aldea.

Pero todos sus esfuerzos fueron en vano. Mirko siempre se quedaba mirando con extrañeza los signos de escritura que ya le habían explicado cientos de veces como si fueran completos desconocidos para él; su cerebro trabajaba pesadamente y carecía de fuerza retentiva aun para los conceptos más simples de la enseñanza. A la edad de catorce años tenía que recurrir todavía a la ayuda de los dedos para hacer algún cálculo, y la lectura de un libro o del diario significaba para el joven, ya mayorcito, un esfuerzo fuera de lo común. Pero, a pesar de todo, no podía tildársele de reacio o recalcitrante. Hacía de buen grado cuanto se le encomendaba: iba a buscar agua, cortaba leña, ayudaba en las faenas del campo, ponía en orden la cocina y cumplía puntualmente, aunque con una lentitud desesperante, todo servicio que se le pedía. El rasgo del terco muchacho que más exasperaba al cura era su indiferencia absoluta y total. No hacía nada que no se le hubiera ordenado expresamente; jamás formuló una pregunta, no jugaba con otros niños ni buscaba entretenerse por su propia cuenta. En cuanto Mirko había terminado con los quehaceres de la casa, se quedaba sentado, impasible, con la mirada vacía como la del ganado en su pasto, sin demostrar el más remoto interés por las cosas que ocurrían a su alrededor. Al anochecer, cuando el párroco, fumando su larga pipa de campesino, jugaba sus tres habituales partidas de ajedrez contra el sargento de gendarmería, el rubio y apático muchacho permanecía sentado junto a él, mudo, mirando bajo los pesados párpados el tablero a cuadros, al parecer soñoliento e indiferente.

Una tarde de invierno, mientras los contrincantes estaban absortos en su partida cotidiana, resonaba en la calle del pueblo, cada vez más cerca, el tintineo de un trineo. Un campesino, con la gorra espolvoreada de nieve, entró dando grandes zancadas para decir que su madre estaba agonizando y rogar al cura que se diera prisa para llegar a tiempo de impartirle la extremaunción. El sacerdote lo siguió sin titubear. A modo de despedida, el sargento de gendarmería, que no había terminado todavía de beber su vaso de cerveza, encendió su pipa y se disponía a calzar de nuevo sus pesadas botas de montar, cuando observó la mirada del pequeño Mirko fija sobre el tablero, donde habían quedado las piezas de la partida inconclusa.

—¿Qué, quieres terminarla? —bromeó, absolutamente convencido de que el amodorrado joven no sabría mover debidamente ni una sola pieza sobre el tablero. Pero el muchacho levantó la mirada con timidez, asintió con la cabeza y ocupó el asiento del cura. Al cabo de catorce jugadas, el sargento quedó vencido y hubo de reconocer, además, que su derrota no era debida a un descuido o negligencia por su parte. La segunda partida terminó de idéntica manera.

—¡La burra de Balaam! —exclamó sorprendido el cura a su regreso, sin dejar de explicar al sargento, menos versado en el texto bíblico, que hacía dos mil años se había producido un milagro similar, cuando un ser mudo halló de pronto el lenguaje de la sabiduría. A pesar de la hora avanzada, el bueno del cura no pudo resistirse a retar a su casi analfabeto pupilo a un duelo. Y he aquí que Mirko lo venció a él también con suma facilidad. Jugaba de un modo tenaz, lento, inconmovible, sin levantar una sola vez su ancha frente inclinada sobre el tablero; jugaba con una seguridad imperturbable. En los días siguientes, ni el gendarme ni el cura fueron capaces de ganarle una sola partida. El sacerdote, que estaba en mejores condiciones que cualquier otro para juzgar el retraso de su pupilo en todos los demás aspectos, quiso cerciorarse de hasta qué punto ese singular talento resistiría una prueba más rigurosa. Mandó a Mirko al peluquero del pueblo para que este le cortara sus desgreñados cabellos de color pajizo, a fin de dejarlo un poco más presentable, y luego lo llevó en su trineo a la pequeña localidad vecina, donde en el café de la plaza mayor se reunía un grupo de jugadores de ajedrez más empedernidos que él, y a los que, a pesar de varias tentativas, jamás había podido vencer. No fue poco el asombro de la tertulia local cuando, a empujones, el cura hizo pasar a un niño de unos quince años, rubio y de mejillas coloradas, enfundado en una piel de cordero vuelta al revés y que calzaba unas pesadas botas altas. El niño se quedó avergonzado y perplejo en un rincón, sin levantar la mirada hasta que se le llamó desde una de las mesas de ajedrez. Mirko, que en casa del cura nunca había visto la llamada «defensa siciliana», fue derrotado en la primera partida. La segunda la disputó con el mejor jugador de aquel círculo, y empataron. A partir de la tercera y cuarta partida, Mirko las ganó todas, una tras otra.

Y como en una pequeña ciudad sudeslava de provincias rarísimas veces ocurren sucesos emocionantes, aquella primera aparición de este rústico campeón se convirtió para los notables allí reunidos en un suceso de primer orden. Se decidió por unanimidad que el niño prodigio permaneciera a toda costa en la ciudad, por lo menos hasta el día siguiente, a fin de que se pudiera congregar a los demás integrantes del círculo de ajedrez, y, sobre todo, informar en su castillo al anciano conde Simczic, un fanático de dicho juego. El cura, que miraba a su pupilo con un renovado orgullo, no quiso, sin embargo, descuidar su obligado oficio dominical, a pesar de la alegría que le embargaba por su descubrimiento, y se declaró dispuesto a dejar a Mirko para que fuese sometido a una nueva prueba. El joven Czentovic fue alojado por cuenta del círculo de ajedrez en el hotel de la villa, donde aquella noche vio por primera vez en su vida un cuarto de baño. A la tarde del domingo siguiente, el salón del café estaba repleto de gente. Mirko, sentado durante cuatro horas, inmóvil frente al tablero de ajedrez, venció uno tras otro a sus contrincantes sin decir una sola palabra y sin levantar la cabeza siquiera una vez. Por último, alguien propuso que se jugasen unas partidas simultáneas. Se necesitó un largo rato para hacer comprender al ignorante que en una sesión de simultáneas él solo debía jugar a un mismo tiempo contra varios adversarios. Pero en cuanto Mirko entendió cómo funcionaba esa modalidad de juego, se adaptó inmediatamente a la tarea, y pasando lentamente con sus pesadas botas de una mesa a la otra, terminó ganando siete de las ocho partidas.

Acto seguido se originaron grandes deliberaciones. Aun cuando, en sentido estricto, el nuevo campeón no era hijo de la ciudad, el orgullo local se había inflamado. Acaso la pequeña ciudad, cuya presencia en el mapa difícilmente nadie había advertido hasta entonces, estaba en vísperas de alcanzar el honor de ofrecer al mundo un personaje famoso. Un agente llamado Koller, que de ordinario se limitaba a contratar cantantes y cupletistas para el cabaret de la guarnición local, se declaró dispuesto, con la sola condición de que se sufragasen los gastos de pensión por espacio de un año, a cuidar de que el muchacho fuese instruido profesionalmente en el arte del ajedrez por un excelente maestro que él conocía y que vivía en Viena. El conde Simczic, que en sesenta años de partidas diarias de ajedrez jamás se había enfrentado con un contrincante tan extraordinario, se comprometió en el acto a pagar la suma necesaria. Ese día se inició, pues, la asombrosa carrera del hijo del barquero.

Al cabo de medio año, Mirko dominaba todos los secretos de la técnica ajedrecística, pero, a decir verdad, con una extraña particularidad, que más tarde fue objeto de atenta observación y numerosas bromas por parte de los entendidos en la materia: Czentovic nunca logró jugar una sola partida de memoria, o, por emplear el término técnico, «a ciegas». Carecía por completo de la facultad de proyectar el tablero de ajedrez sobre el campo ilimitado de la fantasía. Necesitaba tener el tablero siempre a la vista, poder palpar sus sesenta y cuatro casillas blancas y negras y las treinta y dos piezas; aun en la época de su fama mundial llevaba constantemente consigo un pequeño tablero plegable, de bolsillo, para reproducir ante sus ojos las distintas posiciones cuando quería reconstruir una partida o resolver algún problema. Ese defecto, insignificante de por sí, revelaba una ausencia de fuerza imaginativa que se discutía en los círculos respectivos con la misma pasión con que los músicos se llevarían las manos a la cabeza en el caso de que un virtuoso o director de orquesta sobresaliente fuese incapaz de interpretar o dirigir una obra sin tener la partitura correspondiente a la vista. Mas aquella rara peculiaridad de Mirko no retardó en absoluto su estupenda carrera. A los diecisiete años ya había ganado una docena de premios; a los dieciocho, el campeonato húngaro, y a los veinte, por fin, el campeonato mundial. Los campeones más atrevidos, cada uno de los cuales le superaba infinitamente en dotes intelectuales, en fantasía y audacia, sucumbían a su lógica fría y tenaz, igual que Napoleón al pesado Kutúzov o Aníbal a Fabio Cunctátor, quien, según Livio, también había demostrado en su juventud esos rasgos llamativos de parsimonia e imbecilidad. Fue así como se introdujo en la ilustre galería de los campeones de ajedrez, que reúne en sus filas los más distintos tipos de superioridad intelectual —filósofos, matemáticos, naturalezas calculadoras, imaginativas y a menudo creadoras—, el primer *outsider* absolutamente ajeno al mundo del intelecto, un rústico aldeano, pesado, silencioso, a quien ni siquiera

turalezas tenaces, carecía en absoluto del sentido del ridículo; desde que había logrado el triunfo en el torneo mundial, se consideraba el personaje más importante del mundo, y la noción de haber vencido con sus propias armas a todos aquellos que hablaban y escribían de forma tan brillante e intelectual, así como, sobre todo, el hecho palpable de ganar más que ellos, transformó su primitiva inseguridad en una arrogancia fría y, por lo general, torpemente manifiesta.

—Pero ¿cómo no había de engreír tan repentina gloria a una cabeza tan hueca? —concluyó mi amigo, que acababa precisamente de relatarme algunas muestras palmarias de la infantil prepotencia de Czentovic—. ¿Cómo no iba a hacer presa el vértigo de la vanidad en el campesino del Banato, quien, con sus veintiún años, de pronto, moviendo unas figuritas sobre un tablero de madera, ganaba más en una semana que todo su pueblo en un año entero derribando árboles y realizando las faenas más duras y pesadas? Y luego, ¿no es asombrosamente fácil considerarse un gran hombre cuando uno no tiene ni la más remota idea de que alguna vez hayan existido un Rembrandt, un Beethoven, un Dante, un Napoleón? En el cerebro tapiado de ese muchacho cabe una sola cosa y es que desde hace meses no ha perdido ninguna partida de ajedrez, y puesto que no sospecha que, aparte del ajedrez y del dinero, existen otros valores en el mundo, le sobran razones para sentirse encantado consigo mismo.

Estas declaraciones de mi amigo no podían sino despertar mi más viva curiosidad. Todas las especies de monomaníacos, enclaustrados en una sola idea, me han interesado desde siempre, pues cuanto más se limita un individuo, tanto más cerca se halla, por otra parte, del infinito, dado que esos seres aparentemente distantes del mundo se construyen, cada cual en su materia y a la manera de las termitas, una síntesis del mundo singular y absolutamente única. No disimulé, pues, mi propósito de estudiar más de cerca, durante los doce días de viaje hasta Río, aquel singular espécimen de estrechez intelectual.

Pero mi amigo me previno:

—Será usted poco afortunado en este caso. Que yo sepa, nadie ha logrado hasta ahora sonsacarle a Czentovic ni el más mínimo material psicológico. Detrás de toda su abismal estrechez de miras oculta ese hábil campesino la gran astucia de no ponerse nunca en evidencia, lo cual consigue mediante la sencilla técnica de evitar toda conversación que no sea con compatriotas de su misma extracción, cuya compañía busca en fondas modestas. Cuando advierte una persona culta, se encierra en su concha de caracol. He aquí por qué nadie puede vanagloriarse de haberle oído decir una necedad o de haber medido la profundidad, que según se dice es ilimitada, de su ignorancia.

Mi amigo, en efecto, estaba en lo cierto. Durante los tres primeros días del viaje resultó absolutamente imposible acercarse a Czentovic sin recurrir a la indiscreción grosera que, al fin y al cabo, es impropia de mi personalidad. Es verdad que a veces se paseaba por la cubierta, pero siempre lo hacía con las manos a la espalda, en la actitud orgullosamente ensimismada del Napoleón del famoso retrato; sus vueltas peripatéticas por la cubierta eran, además, tan rápidas e imprevistas que para alcanzarle uno habría tenido que correr tras él. En cambio, nunca se dejó ver en los salones, el bar, o la sala de fumadores. Según supe por un camarero, a raíz de una conversación íntima, pasaba la mayor parte del día en su camarote, ensayando o reconstruyendo partidas de ajedrez sobre un tablero enorme.

Al cabo de tres días empezó a fastidiarme realmente el hecho de que su técnica defensiva fuese más hábil que mi voluntad de acercarme a él. En mi vida había tenido oportunidad hasta entonces de conocer personalmente a un campeón de ajedrez, y cuanto más me esforzaba por concebir tal tipo de hombre, tanto más inconcebible se me antojaba una actividad mental que durante una vida entera gira exclusivamente en torno a un tablero de sesenta y cuatro casillas negras y blancas. Conocía, huelga decirlo, por experiencia propia, la atracción misteriosa del «juego de reyes», el único entre todos los ideados por el hombre que se escapa soberanamente a toda tiranía del azar y otorga sus laureles de vencedor de un modo exclusivo al espíritu, más en concreto, a una forma determinada de habilidad intelectual. Pero ¿no se comete una falta humillante con solo tildar de juego al ajedrez? ¿No es también una ciencia, una técnica, un arte, algo que se cierne entre esas categorías, como el ataúd de Mahoma entre el cielo y la tierra, un vínculo único entre todos los contrarios: antiquísimo y eternamente joven; mecánico en la disposición y, sin embargo, eficaz solamente por obra de la fantasía; limitado en el espacio, geométricamente fijo y a la vez ilimitado en sus combinaciones; en perpetuo desarrollo y, no obstante, estéril; un pensar que no conduce a nada; una matemática que nada soluciona; un arte sin obras; una arquitectura sin sustancia, y, sin embargo, evidentemente más duradero en su existencia y ser que todos los libros y obras de arte; el único juego propio de todos los pueblos y tiempos y del que nadie sabe qué dios lo legó a la tierra para matar el hastío, aguzar los sentidos y poner en tensión el alma? ¿Dónde empieza, dónde termina? Cualquier niño puede aprender sus reglas básicas, cualquier chapucero puede probar fortuna en él; y con todo llega a producir, dentro de ese cuadrado de invariable estrechez, una especie peculiar de maestros que no tienen comparación con los de ninguna otra, hombres con un talento exclusivo para el ajedrez, genios específicos en quienes la visión, la paciencia y la técnica obran en una conjunción tan definida como en los matemáticos, escritores y músicos, aunque, eso sí, con distinta función y armonía. En tiempos pasados, de pasión fisionómica, tal vez un Gall hubiera realizado la disección de los cerebros de tales campeones para averiguar si en la masa gris de esos genios del ajedrez se halla, más intensamente marcada que en otras cabezas, una sinuosidad determinada, una especie de músculo del ajedrez, una protuberancia ajedrecística. Cuánto hubiera entusiasmado a semejante frenólogo el caso de un Czentovic, donde ese genio específico aparece incrustado en una desidia intelectual absoluta, como una sola veta de oro en una tonelada de roca. Siempre he comprendido que, *a priori*, un juego tan impar y tan genial debía producir sus maestros específicos, pero cuán difícil y aun imposible resulta imaginarse la vida de un hombre intelectualmente activo para quien el mundo se reduce de un modo exclusivo a la estrecha senda entre blanco y negro, que busca los triunfos de su existencia en un nuevo ir y venir, avanzar y retroceder de treinta y dos figuras; la vida de un individuo para quien el abrir el juego con un caballo en vez de hacerlo con un peón ya significa una hazaña y un miserable rinconcito de inmortalidad en dos líneas de un tratado de ajedrez; de un hombre, un ser inteligente que, sin volverse demente, dedica en el transcurso de diez, de vein-

la palabra, mientras que los demás, los auténticos jugadores, «seriean» al ajedrez, para introducir un neologismo atrevido en el idioma alemán que Hitler me ha vedado.* Pues bien, el ajedrez, lo mismo que el amor, requiere de un compañero, y en aquel instante aún no sabía si, además de nosotros, había otros aficionados a bordo. Para sacarlos con halagos de sus cuevas, armé una trampa primitiva en el salón de fumadores, sentándome con mi esposa, a modo de reclamo, frente a un tablero, a pesar de que ella es menos experta que yo en ese juego. Y, en efecto, no habíamos realizado todavía seis jugadas, cuando ya alguien se detuvo al pasar, y otro más pidió permiso para vernos jugar; por último, apareció también el deseado compañero, que me retó a una partida. Se llamaba McConnor y era un ingeniero de minas escocés que, al parecer, había ganado una gran fortuna perforando el suelo de California en busca de petróleo. Físicamente era un hombre fornido, con unas recias mandíbulas casi cuadradas y duras, fuertes dientes y una tez sanguínea, cuyo pronunciado tono rojizo se debía, seguramente, como mínimo en parte, a abundantes libaciones de *whisky*. Por desgracia se manifestaba también, durante el juego, que los hombros excepcional-

* En el original, el autor crea la palabra *ernsten*, en contraposición a *spielen*, o sea «seriear», en oposición a «jugar». *(N. del T.)*

mente anchos correspondían a un ímpetu casi atlético que formaba parte del carácter del tal Mr. McConnor, uno de esos triunfadores seguros de sí mismos que consideran la derrota, hasta en el juego más baladí, como una afrenta a su amor propio. Acostumbrado a imponerse sin contemplaciones en la vida, mimado por éxitos reales, ese macizo *self-made man* estaba tan firmemente persuadido de su superioridad que cualquier resistencia le excitaba como una sublevación improcedente, casi como una ofensa. Cuando perdió la primera partida, se volvió gruñón y comenzó a declarar en un tono dictatorial que ello solo podía ser consecuencia de un descuido momentáneo. Al sufrir el tercer revés, culpó al ruido que llegaba desde el salón vecino; y no perdió una sola partida sin exigir inmediatamente la revancha. Al comienzo me divirtió ese encarnizamiento ambicioso, pero luego ya solo lo acepté como inevitable mal menor para conseguir mi verdadero propósito: atraer a nuestra mesa al campeón del mundo.

Al tercer día lo logré, o, cuando menos, lo logré a medias. Ya sea que Czentovic nos había observado a través del ojo de buey desde la cubierta, ya sea que por mera casualidad había querido honrar el salón de fumadores con su presencia, lo cierto es que, en cuanto vio a unos legos entregados a su arte, se acercó instintivamente y, guardando la debida distancia, escrutó nuestro tablero. En ese momento le tocaba a McConnor mover una pieza. Ese solo movimiento pareció suficiente para demostrar a Czentovic que nuestros esfuerzos de aficionados no eran dignos de la atención de un maestro. Con la misma naturalidad con que nosotros apartamos, en una librería, una mala novela policíaca que se nos ofrezca, sin siquiera empezar a hojearla, se alejó él de nuestra mesa y abandonó el salón de fumadores. «Nos probó y nos encontró demasiado insignificantes», pensé, un tanto disgustado por esa mirada fría y despectiva, y para abrir, como quien dice, una válvula de escape a mi mal humor, dije a McConnor:

—Su jugada no parece haber entusiasmado al maestro.

—¿A qué maestro?

Le expliqué que el caballero que acababa de pasar a nuestro lado y que había observado nuestro juego con desaprobación era Czentovic, el campeón del mundo de ajedrez. Agregué que ambos sobreviviríamos a su ilustre desprecio y nos conformaríamos sin sentirnos heridos en el alma, ya que, al fin y al cabo, los pobres deben cocinar con agua. Pero ante mi sorpresa, esas palabras, que había pronunciado medio en broma, produjeron en McConnor un efecto absolutamente inesperado. Se excitó enseguida, se olvidó de nuestro juego, y su amor propio empezó, como quien dice, a latir de una manera audible. Hasta ese momento no había tenido la menor idea de que Czentovic se hallaba a bordo, y en cuanto lo supo, afirmó que el campeón debía jugar con él, costase lo que costase. En su vida había jugado contra un campeón del mundo, exceptuando un caso en que, junto con otros cuarenta contrincantes, intervino en una sesión de partidas simultáneas. Eso ya había sido, según él, terriblemente excitante, y poco faltó en aquella oportunidad para que ganara. Me preguntó si conocía personalmente al campeón. Y como le dije que no, me rogó que le abordase e invitase a nuestra mesa. Me negué, aduciendo que, según tenía entendido, Czentovic no estaba dispuesto a conocer a gente nueva. Además, ¿qué atractivo podía tener para un campeón del mundo enfrentarse con jugadores de tercera como nosotros?

Más me hubiera valido no haber usado la expresión «jugadores de tercera» ante un hombre tan soberbio como McConnor. Se recostó disgustado y declaró con brusquedad que, por su parte, no podía creer que Czentovic fuera a rechazar la cortés invitación de un caballero. Él ya se ocuparía de eso. Respondiendo a su petición, le esbocé una descripción del campeón del mundo, y al momento se lanzó, abandonando indiferente nuestro tablero, a por Czentovic, buscándolo por la cubierta. Noté de nuevo que era imposible detener al dueño de aquellos hombros tan anchos en cuanto había orientado su voluntad hacia un objetivo determinado.

Esperé, bastante intrigado. Al cabo de unos

diez minutos, McConnor volvió, al parecer, de no muy buen talante.

—¿Y bien? —pregunté.

—Tenía usted razón —contestó un poco indignado—. No es lo que se llama un hombre agradable. Me presenté. Le expliqué quién soy. Ni siquiera me tendió la mano. Traté de explicarle cuán orgullosos y honrados nos sentiríamos todos sus compañeros de viaje si jugara unas partidas simultáneas con nosotros. Pero no se inmutó. Solo dijo que lo sentía, pero que tenía unos compromisos contractuales con su agente, y que ese contrato le vedaba expresamente jugar durante su gira sin cobrar honorarios. Que su tarifa mínima eran doscientos cincuenta dólares por partida.

Me eché a reír.

—Nunca se me hubiera ocurrido pensar que mover unas piezas de ciertos cuadros negros a otros blancos pudiera llegar a constituir un negocio tan lucrativo. Espero que usted se haya despedido con la misma cortesía con que se presentó.

Pero McConnor permaneció inmutablemente serio.

—Concertamos un encuentro para mañana, a las tres de la tarde. Aquí, en el salón de fumadores. Espero que no nos dejemos derrotar tan fácilmente.

—¿Cómo? ¿Accedió a pagarle doscientos cincuenta dólares? —exclamé con gran sorpresa.

—¿Por qué no? *C'est son métier*. Si sufriera

41

dolor de muelas y hubiese casualmente un dentista entre los pasajeros, tampoco pretendería que me arrancase la muela gratis. El hombre tiene toda la razón del mundo cuando fija esos precios; en todos los oficios, los más entendidos son a la vez los mejores comerciantes. En cuanto a mí se refiere, cuanto más claro sea un negocio, mejor. Prefiero pagar lo que sea antes de aceptar que un tal Czentovic me haga un favor y yo termine por tener que darle las gracias. Mirándolo bien, ¿cuántas veces habré perdido más de doscientos cincuenta dólares en una tarde en nuestro club? Y eso sin jugar contra un campeón del mundo. Para jugadores de «tercera» no es vergonzoso ser vencidos por un Czentovic.

Observé con cierto placer cuán profundamente mi inocente calificación de «jugadores de tercera» había herido el amor propio de McConnor. Pero, puesto que estaba dispuesto a pagar tan caro su gusto, nada podía objetar contra su orgullo descarriado, que en última instancia me facilitaría el conocimiento del objeto de mi curiosidad. Informamos rápidamente sobre el inminente suceso a los cuatro o cinco caballeros que hasta entonces habían declarado su afición al ajedrez, y a fin de evitar en lo posible que nos molestasen los demás pasajeros con sus idas y venidas, mandamos reservar de antemano no solo nuestra mesa sino también las vecinas.

Al día siguiente nuestro pequeño grupo se

reunió puntualmente a la hora convenida. El asiento del medio, frente al del maestro, quedaba, desde luego, destinado a McConnor, quien, para aliviar sus nervios, encendía gruesos cigarros, uno tras otro, y miraba a cada rato, inquieto, el reloj. Pero el campeón del mundo —como ya me imaginaba después de las referencias que me había dado mi amigo— nos hizo esperar diez largos minutos, lo que, por supuesto, dio mayor aplomo a su aparición. Se acercó, tranquilo y grave, a la mesa. Sin presentarse —«vosotros sabéis quién soy, y a mí no me interesa saber quiénes sois», parecía dar a entender esa grosería— inició con la sequedad propia de un profesional las disposiciones preliminares. En vista de que, por falta de suficientes tableros, era imposible llevar a cabo una sesión de partidas simultáneas, propuso que todos juntos jugásemos contra él. Después de cada movimiento, se retiraría a otra mesa en el extremo del salón para no molestarnos mientras deliberábamos. Una vez realizadas nuestras jugadas de réplica, golpearíamos con una cuchara contra una copa, ya que, lamentablemente, no había una campanilla a mano. Además, propuso que se fijara un límite máximo de diez minutos para cada jugada, siempre que nosotros no prefiriéramos otras reglas. Huelga decir que aceptamos como tímidos colegiales todo cuanto nos proponía. En el sorteo de los colores, le tocaron a Czentovic las piezas negras; hizo, de pie todavía, su primer movimiento respondiendo a nuestra apertura y se dirigió inmediatamente al lugar de espera que él mismo había designado y donde, despreocupadamente recostado, se puso a hojear una revista ilustrada.

Los pormenores de la partida ofrecieron poco interés. Terminó, naturalmente, como tenía que terminar, es decir, con nuestra derrota absoluta, la cual se produjo después del vigesimocuarto movimiento. El hecho de que un campeón del mundo derrotase con suma facilidad a media docena de jugadores mediocres, o peor que mediocres, era de por sí poco sorprendente; lo único que en realidad nos molestaba a todos era el modo prepotente y demasiado manifiesto con que Czentovic nos evidenciaba la facilidad con que había ganado. Cada vez que llegaba su turno, solo necesitaba echar una mirada aparentemente fugaz sobre el tablero, midiéndonos con otra displicente, como si no hubiéramos sido más que inertes figuras de madera. Ese gesto impertinente recordaba inevitablemente el modo en que se tira un hueso a un perro sarnoso, apartando la vista. A mi modo de ver, hubiera podido llamar nuestra atención, con un mínimo de tacto, sobre algún error y animarnos con una palabra gentil. Pero ese inhumano autómata ajedrecista no pronunció tampoco una sola sílaba una vez terminada la partida, sino que esperó, inmóvil, frente a la mesa, después de sentenciar el jaque mate, por si deseábamos jugar una segunda partida con él. Indefenso, como siempre se queda uno ante la grosería insensible, ya me había levantado para demostrar que, concluido ese negocio crematístico, daba por terminado también el placer de nuestra relación, cuando, para gran disgusto mío, McConnor dijo con voz completamente ronca:

—¡Revancha!

Su tono provocativo me sobresaltó. En ese momento McConnor daba más la impresión de ser un boxeador a punto de descargar una lluvia de golpes que un atento caballero. Ya sea a causa del trato desagradable que nos había dado Czentovic, o de su amor propio patológicamente excitable, lo cierto es que los modales de McConnor habían cambiado radicalmente. Su rostro se había vuelto encarnado, las ventanas de su nariz se dilataban bajo una fuerza interior, transpiraba visiblemente y de sus labios apretados partía una marcada arruga hasta la barbilla, que adelantaba con gesto belicoso. Descubrí con desasosiego, en sus ojos, la vibración de la pasión indómita que, por lo común, solo se observa en los jugadores de ruleta cuando a la sexta o séptima jugada, para las cuales cada vez se ha doblado la apuesta, no aparece el color esperado. En ese instante comprendí que ese fanático jugaría contra Czentovic aunque le costara toda su fortuna, que jugaría y volvería a jugar a simple y a doble hasta ganar siquiera una sola partida. Siempre y cuando no se hartara, Czentovic había encontrado en McConnor una mina de oro de la que, hasta la llegada a Buenos Aires, podía extraer unos cuantos miles de dólares.

Czentovic no se inmutó.

—Acepto —contestó cortésmente—. Los señores jugarán ahora con las negras.

El transcurso de la segunda partida no fue muy distinto del de la primera, salvo por unos cuantos curiosos, que no solo ampliaron nuestro círculo, sino que además le prestaban mayor animación. McConnor miraba el tablero con tal fijeza que daba la impresión de querer magnetizar las piezas, impregnarlas de su voluntad a fin de que ganasen. Era evidente que habría sacrificado con gusto hasta mil dólares por el placer de gritar «¡jaque mate!» al impasible adversario. Algo de su excitación encarnizada nos contagió de extraño modo y contra nuestra voluntad. Se discutían los distintos movimientos con mucha más pasión que antes; en el último momento siempre el uno retenía al otro, antes de ponernos de acuerdo en dar la señal convenida para que Czentovic volviese a la mesa. Llegábamos poco a poco a la decimoséptima jugada cuando, para nuestra propia sorpresa, se produjo una situación que parecía asombrosamente favorable, ya que habíamos conseguido llevar el peón de la línea c a la penúltima casilla $c2$; solo nos hacía falta adelantarlo a $c1$ para coronarlo. Sin embargo, esa ventaja demasiado evidente no nos dejó muy tranquilos, y recelábamos de que, aun cuando la habíamos logrado en apariencia, constituyera una trampa que nos había preparado Czentovic, quien, sobra decirlo, tenía un mayor control sobre la situación. Pero, a pesar de nuestras exhaustivas búsquedas y discusiones, no logramos descubrir la supuesta maniobra secreta. Por fin, al término casi del tiempo establecido para cada movimiento, decidimos arriesgar la jugada. Ya McConnor tenía el peón entre los dedos para llevarlo hasta la última casilla, cuando sintió de pronto que alguien le agarraba del brazo y le musitaba con voz vehemente:

—¡No! ¡Por el amor de Dios!

Todos volvimos la cabeza instintivamente. Un caballero, de unos cuarenta y cinco años, cuyo rostro fino y severo ya antes había llamado mi atención en la cubierta por su extraña palidez casi azulada, parecía haberse acercado a nosotros en los últimos minutos, cuando dedicábamos toda nuestra atención al juego. Al notar nuestras miradas, agregó precipitadamente:

—Si ustedes le cambian ahora la dama, él replicará enseguida con el alfil y ustedes retiran el caballo. Pero entretanto él mueve su peón libre a *d7*, amenaza la torre y, aunque digan jaque con el caballo, ustedes saldrán perdiendo, y a los nueve o diez movimientos habrán sido vencidos. Es casi la misma situación que Allekhin planteó en 1922, en el gran torneo de Pistiana, contra Bogollubov.

McConnor soltó asombrado la pieza y fijó su

mirada, no menos sorprendido que todos los demás, en aquel hombre que había aparecido inesperadamente como un ángel salvador. Un individuo capaz de calcular un jaque mate anticipándose a nueve jugadas no podía ser sino un entendido consumado y, acaso, hasta un aspirante al título que viajaba para jugar en el mismo campeonato y cuya llegada e intervención precisamente en tan crítico instante tenía algo de sobrenatural. El primero en recobrarse fue McConnor, quien susurró agitado.

—¿Qué aconsejaría usted?

—No avanzar enseguida, sino eludir primero. Sobre todo, apartar el rey de la amenazada línea *g8*, llevándolo a *h7*. Lo más probable es que entonces desvíe el ataque hacia el flanco opuesto. Pero en tal caso usted replicará con la torre moviéndola de *c8* a *c4*; eso le costará, en dos movimientos, un peón, y con ello la ventaja. Quedará así un peón libre contra otro peón libre, y si usted juega bien en la defensa, logrará todavía un empate. Es lo máximo a lo que pueden aspirar.

Nos quedamos de nuevo absortos. Tanto la precisión como la rapidez de su cálculo tenían algo de desconcertante; daba la impresión de estar leyendo los movimientos en un libro impreso. Con todo, la inesperada posibilidad de lograr, gracias a su intervención, el empate en nuestra partida contra un campeón del mundo tuvo el efecto de un encantamiento. Todos nos apartamos a un mismo tiempo para ofrecerle una visión más despejada del tablero. Una vez más, McConnor preguntó:

—¿De manera que el rey de *g8* a *h7*?

—¡Así es! ¡Eludir en primer término!

McConnor obedeció y dimos la señal, golpeando contra una copa. Czentovic se acercó con su habitual paso indiferente a nuestra mesa y apreció con una sola mirada la jugada contraria. Luego movió el peón sobre el ala del rey de *h2* a *h4*, exactamente como nuestro desconocido salvador había predicho. Entonces, este murmuró exaltado:

—¡Avance con la torre, adelante la torre *c8* a *c4*, así tendrá que cubrir primero el peón! Pero no le servirá para nada. Usted, sin prestar atención a su peón libre, mueva el caballo de *c3* a *d5*, y con eso se restablecerá el equilibrio. Ahora, en vez de defenderse, tiene que ejercer presión hacia adelante.

No comprendimos lo que insinuaba. Nos sonaba a chino cuanto decía. Pero sometido ya a su hechizo, McConnor procedió sin reflexionar según las indicaciones del desconocido. Nuevamente llamamos a Czentovic golpeando la cucharilla contra una copa. Por primera vez no se decidió al instante, sino que miró intensamente el tablero; sus cejas se fruncían de forma involuntaria. Luego ejecutó exactamente el movimiento que el desconocido había pronosticado, y se dio la vuelta con ademán de retirarse. Pero antes de marcharse, ocurrió algo nuevo e inesperado. Czentovic levantó la mirada y escrutó nuestro grupo. Quería, evidentemente, averiguar quién le ofrecía de repente tan tenaz resistencia.

A partir de ese momento, nuestra excitación aumentó hasta lo indecible. Antes habíamos jugado sin ninguna esperanza de lograr la victoria, mientras que ahora la idea de humillar la fría arrogancia de Czentovic aceleraba con ardor nuestro pulso. Pero ya nuestro flamante colaborador había dispuesto la jugada siguiente; podíamos —mis dedos temblaban mientras golpeaba la copa con la cucharita— volver a llamar a Czentovic. Entonces fue cuando obtuvimos nuestro primer triunfo. Hasta entonces Czentovic siempre había jugado de pie; ahora titubeaba, y acabó por sentarse. Lo hizo pausada y lentamente, y el mismo hecho de sentarse ya bastaba para anular físicamente la anterior distancia, de arriba abajo, entre él y nosotros. Le habíamos obligado a situarse, como mínimo en el espacio, a nuestro mismo nivel. Reflexionó largo tiempo, con los ojos inmóviles clavados en el tablero, de manera que apenas se podían distinguir sus pupilas bajo los pesados párpados, y durante la laboriosa reflexión se le iba abriendo paulatinamente la boca, con lo que su cara redonda adquirió un aspecto un tanto simplón. Czentovic meditó unos minutos, luego hizo su jugada y se levantó. Enseguida nuestro nuevo amigo musitó:

—Un movimiento para ganar tiempo. Bien pensado. Pero no se dejen engañar. Hay que forzar el cambio; el trueque es indispensable; así lograremos tablas, y ni Dios podrá ayudarle.

McConnor obedeció. Los próximos movimientos fueron para los dos —nosotros ya hacía rato que habíamos quedado relegados al papel de meros figurantes— un tira y afloja que no sabíamos explicarnos. Después de siete jugadas, más o menos, y al cabo de una prolongada vacilación, Czentovic levantó la cabeza y declaró:

—¡Tablas!

Durante un instante reinó un silencio absoluto. Se oían de pronto el rumor de las olas y la música de jazz en la radio del salón, se percibía cada paso desde la cubierta y el tenue susurro del viento que se colaba por las rendijas de las ventanas. Todos conteníamos la respiración; aquello se había producido demasiado repentinamente y estábamos poco menos que aturdidos por el increíble hecho de que aquel desconocido impusiese su voluntad al campeón del mundo en una partida que ya estaba medio perdida. McConnor se reclinó con un movimiento brusco, y la respiración contenida dejó paso a un audible «¡ah!» de felicidad en sus labios. Yo, a mi vez, observaba a Czentovic. Ya durante los últimos movimientos me pareció percibir en su rostro una mayor palidez. Pero supo dominarse perfectamente. Se mantuvo en su rigidez de aparente indiferencia y solo preguntó displicente, mientras quitaba con movimiento tranquilo las piezas del tablero:

—¿Los señores desean una tercera partida?

Formuló la pregunta de un modo netamente convencional, puramente comercial. Lo sorprendente fue que en esa oportunidad no se dirigió a McConnor, sino que clavó la mirada penetrante y fija en la de nuestro salvador. Tal como el caballo distingue el mejor jinete por el modo más firme de montarlo, Czentovic debía haber reconocido en las últimas jugadas a su verdadero contrincante. Todos seguimos instintivamente su mirada y nos fijamos atentos en el semblante del desconocido. Pero antes de que este hubiera podido reflexionar, y menos aún contestar, McConnor gritaba ya triunfalmente en su ambiciosa excitación:

—¡Naturalmente! Pero esta vez debe jugar usted solo contra él. ¡Usted solo contra Czentovic!

En ese momento sucedió algo inesperado. El desconocido, que se había quedado mirando fija y extrañamente el tablero de ajedrez, limpio ya de piezas, se sobresaltó al notar todas las miradas fijas en él y al ver que se le hablaba con tanto entusiasmo. Su rostro denotaba una súbita confusión:

—De ninguna manera, caballero —tartamudeó, visiblemente cohibido—. Es absolutamente imposible... Ni pensarlo... Hace veinte, más, veinticinco años, que no he vuelto a sentarme frente a un tablero de ajedrez... Y solo ahora me doy cuenta de lo impertinente de mi comportamiento

servación no era más que una ingenua excusa para disimular su fracaso. Pero acrecentó nuestro deseo de ver humillada una arrogancia tan inconmovible. Un ambicioso y desorbitado afán de lucha nos invadió de pronto, porque nos fascinaba del modo más provocativo la idea de que precisamente en el buque en que viajábamos y en medio del océano pudiera arrebatársele la palma al campeón del mundo de ajedrez, un acontecimiento que todas las agencias telegráficas irradiarían inmediatamente sobre el globo entero. A ello se agregaba todavía el encanto del misterio que emanaba de la inesperada intervención de nuestro salvador, precisamente en el momento crítico, y el contraste de su humildad casi temerosa con el inconmovible amor propio del jugador profesional. ¿Quién era aquel desconocido? ¿Reveló el azar aquí un genio del ajedrez que no se había descubierto todavía? ¿O nos ocultó su nombre un maestro famoso por alguna razón inescrutable? Discutíamos todas esas posibilidades con ardor; ni aun las hipótesis más atrevidas nos parecían bastante osadas para armonizar la timidez misteriosa y la sorprendente confesión del desconocido con su arte y habilidad innegables. En un punto, sin embargo, todos estábamos de acuerdo: no podíamos renunciar bajo ningún concepto al espectáculo de un nuevo encuentro. Decidimos agotar todos los medios para inducir a nuestro salvador a que al día siguiente jugase una partida contra Czentovic, y McConnor se comprometió a correr con los gastos correspondientes. Como entretanto supimos por un camarero que el desconocido era austríaco, se me encargó que, como compatriota, le hiciese llegar nuestra petición.

No tardé mucho en encontrar en la cubierta de paseo al fugitivo. Estaba tendido en una tumbona, leyendo. Antes de acercarme a él, me quedé un rato contemplándolo. La cabeza, de rasgos marcados, descansaba con gesto de leve cansancio sobre una almohada; nuevamente me sorprendió en particular la extrema palidez de aquella cara relativamente joven, en cuyas sienes resaltaban unos cabellos de deslumbrante blancura; tuve, no sé por qué, la sensación de que aquel hombre debía haber envejecido de golpe. Apenas me aproximé a él, se levantó y se presentó dándome a conocer su apellido, que era el de una antigua familia austríaca ilustre. Recordé que un caballero de ese apellido había pertenecido al círculo íntimo de los amigos de Schubert y que un médico de cabecera del anciano emperador era miembro de la misma familia. Cuando transmití al doctor B. nuestro ruego de que aceptase el reto de Czentovic, quedó visiblemente perplejo. El caso era que no tenía la menor noción de que en aquella partida se había enfrentado, gloriosamente, con un campeón del mundo y, por añadidura, el más afortunado y famoso del momento. Esa noticia pareció impresionarle por alguna razón, pues una y otra vez preguntaba si estaba seguro de que se trataba de un campeón del mundo reconocido. Me di cuenta rápidamente de que esa circunstancia facilitaba mi misión, pero atento a su delicadeza, creí oportuno omitir por el momento que el riesgo material de una eventual derrota correría por cuenta de McConnor. Después de un titubeo prolongado, el doctor B. se declaró dispuesto, por fin, a llevar a cabo esa partida, pero no sin haber pedido expresamente que advirtiese nuevamente a los demás señores que no depositaran grandes esperanzas en su competencia.

—Porque —agregó con una sonrisa pensativa— ignoro realmente si sé jugar como es debido una partida de ajedrez siguiendo todas las reglas del juego. Créame usted, no era falsa modestia cuando dije que no he vuelto a tocar una pieza de ajedrez desde mis tiempos de estudiante en el instituto, es decir, desde hace más de veinte años. Y aun en aquellos tiempos solo pasaba por ser un jugador mediocre.

Dijo eso en un tono tan natural que no albergué la menor duda sobre su sinceridad. Sin embargo, no pude dejar de expresar mi admiración por la exactitud con que recordaba cada combinación de los más distintos maestros. Debía haberse dedicado mucho al ajedrez, por lo menos en teoría. El doctor B. volvió a sonreír de aquella manera extrañamente soñadora.

—¿Que si me he dedicado mucho al ajedrez...?

Dios sabe que lo he hecho. Pero ocurrió en circunstancias muy particulares, por no decir únicas. Es una historia bastante complicada, que podría pasar por una pequeña contribución a la caracterización de nuestra fascinante y decisiva época. Si usted tiene la paciencia para escucharme media hora...

Señaló una hamaca al lado de la suya. Acepté gustoso su invitación. Nos encontrábamos solos. El doctor B. se quitó las gafas de leer, las dejó a un lado y empezó su relato:

—Ha tenido usted la gentileza de manifestar que, como vienés, recordaba mi apellido. Pero sospecho que nunca habrá oído hablar del bufete de abogados que al principio dirigía junto con mi padre y luego solo, pues no solíamos defender causas a las cuales se diera publicidad en los diarios, y evitábamos, por principio, aumentar el número de nuestros clientes. En realidad, el nuestro no era tampoco un verdadero bufete, sino que nos limitábamos a la asesoría jurídica y sobre todo a la administración de bienes de los grandes conventos, con los cuales mi padre estaba relacionado como exdiputado del partido clerical. Además (hoy que la monarquía ha pasado a la historia, ya puede hablarse de eso), se nos había confiado la administración de los fondos de algunos miembros de la familia imperial. Esa relación con la corte y el clero (un tío mío era médico de cabecera del emperador, y otro, abad de Seitenstetten) se remontaba a dos generaciones atrás; solo teníamos que conservarla. Nuestra actividad era tranquila, casi diría silenciosa, y la dejaban en nuestras manos en virtud de esa confianza heredada. En realidad, no requería mucho más que la discreción y confianza más absolutas, dos condiciones que mi difunto padre poseía en grado sumo. Él, en efecto, logró que sus clientes conservaran, gracias a su prudencia, considerables fortunas, tanto en los años de la inflación como en los de la revolución. Cuando más tarde Hitler subió al poder en Alemania e inició sus asaltos contra las propiedades de la Iglesia y de los monasterios, intervinimos también más allá de la frontera en distintas negociaciones y transacciones para salvar, al menos, los bienes muebles de la confiscación, y sabíamos más con respecto a ciertas negociaciones políticas secretas de la curia y la corte de lo que jamás llegará a conocimiento del público. Pero precisamente el aspecto poco llamativo de nuestro bufete (ni siquiera teníamos placa en la puerta), así como la precaución de evitar ambos manifiestamente todos los círculos monárquicos de Viena, brindaron la mayor seguridad contra investigaciones indiscretas. De hecho, en todos esos años, ninguna autoridad jamás sospechó en Austria que los correos secretos de la casa imperial siempre entregaban y retiraban su correspondencia más importante ni más ni menos que en nuestro insignificante bufete instalado en un cuarto piso.

espaldas ocurrían cosas muy interesantes. Es posible que en mi ausencia algún correo hubiera hablado imprudentemente de "Su Majestad" en vez de emplear el convencional "barón Bern", como también puede ser que el bribón hubiera abierto alguna carta sin mi autorización; de todos modos, y antes de que pudiera sospechar algo, se dieron órdenes desde Múnich o Berlín para vigilarnos. Solo mucho más tarde, cuando ya hacía tiempo que estaba preso, recordé que en los últimos meses su primitiva desidia para el trabajo se había transformado en repentina diligencia, y que varias veces se ofreció con una insistencia un tanto inoportuna a llevar mi correspondencia al correo. No puedo absolverme, pues, de cierta imprudencia, pero ¿acaso el hitlerismo no ganó la partida venciendo aun a los diplomáticos y militares más avezados del mundo? Recibí una prueba palpable del cuidado y cariño con que la Gestapo, desde tiempo atrás, venía dedicando su atención a mi persona, cuando la misma tarde en que Schuschnigg renunció, y un día antes de que Hitler entrara en Viena, me detuvieron los hombres de las SS. Por suerte había logrado quemar los papeles más importantes apenas oí en la radio el discurso de despedida de Schuschnigg; y los documentos restantes con los indispensables comprobantes de los valores depositados en el extranjero, pertenecientes a los conventos y a dos archiduques, los conseguí salvar, en el último instante, justo antes de que derribaran mi puerta, escondidos en un cesto de ropa que mi vieja ama de casa, mujer de toda confianza, llevó al domicilio de mi tío.

El doctor B. interrumpió su relato para encenderse un cigarro. A su viva luz observé nuevamente el tic nervioso que se traducía en un movimiento convulsivo de la comisura derecha de su boca, y que antes ya había llamado mi atención y, según pude comprobar, se repetía a intervalos bastante regulares de algunos minutos. No era más que un movimiento fugaz, poco más intenso que cuando tomaba aliento, pero que confería a su rostro una inquietud extraña.

—Usted creerá tal vez que ahora voy a hablarle del campo de concentración al que llevaron a todos los que habían guardado fidelidad a nuestra vieja Austria; de las humillaciones, martirios y torturas que allí sufriría. Pero no ocurrió nada de eso. Me destinaron a otra categoría de presidio. No me llevaron junto con los desdichados con quienes se ensañaba un resentimiento acumulado desde mucho tiempo atrás, humillándolos física y psíquicamente, sino que me incorporaron a aquel otro grupo reducido al que los nacionalsocialistas pensaban arrancar dinero o informaciones importantes. Desde luego, mi modesta persona era totalmente indiferente a la Gestapo. Esta debía haberse enterado, sin embargo, de que éramos los testaferros, administradores y hombres de confianza de sus enemigos más tenaces, y lo que querían arrancarme a la fuerza eran pruebas, pruebas contra los conventos a los que querían acusar de haber transferido fortunas, pruebas contra la familia imperial y todos los que en Austria se habían empeñado y sacrificado en favor de la monarquía. Sospechaban (y no sin razón) que grandes partes de los fondos que habían pasado por nuestras manos se mantenían ocultas e inaccesibles a su voracidad. Por eso me detuvieron desde el primer día, para obligarme con sus medios refinados a revelar tales secretos. A la gente de mi condición, a la que importaba sonsacar informaciones valiosas o dinero, no se la enviaba, pues, al campo de concentración, sino que se la sometía a otra clase de trato. Quizá usted recuerde todavía que tanto nuestro canciller como el barón Rothschild, a cuyos parientes esperaban arrancar unos cuantos millones, no fueron confinados en ningún momento tras las alambradas de un campo de concentración, sino que, ofreciéndoles aparentes privilegios, se los llevó a un hotel, más exactamente al hotel Métropole, que era al mismo tiempo el cuartel general de la Gestapo, y donde se destinó a cada uno una habitación aparte. Yo, a pesar de ser un hombre tan insignificante, fui objeto de la misma distinción.

»Una habitación individual en un hotel... Eso suena muy humano, ¿verdad? Pero puede usted creerme que en realidad no recibíamos un trato más humano que el resto, sino que, simplemente, se nos aplicaba un método más refinado. A las "personalidades" no se las enjaulaba junto con veinte hombres en una barraca helada, sino que se las alojaba en una habitación de hotel individual, dotada de calefacción, porque la presión mediante la cual se quería arrancarnos el "material" necesario debía tener características más sutiles que los golpes y torturas corporales; se nos aplicaba el aislamiento más refinado que pueda imaginarse. Nada se nos hizo; solo se limitaban a situarnos dentro de la nada absoluta, porque, como es sabido, ninguna cosa en el mundo ejerce tanta presión sobre el alma humana como la nada. Encerrando a cada uno de nosotros individualmente en un vacío absoluto, en una habitación cerrada herméticamente al mundo exterior, esa presión debía producirse no exteriormente por obra de golpes o del frío, sino interiormente, para despegar nuestros labios a la fuerza. A primera vista, la habitación que me había sido designada no parecía incómoda en absoluto. Tenía puerta, mesa, cama, silla, aguamanil y una ventana con reja. Pero la puerta estaba cerrada día y noche; en la mesa no se me permitía depositar ningún libro, ningún diario, ni siquiera una hoja de papel o un lápiz. La ventana daba a una pared lisa: en torno a mi conciencia y a mi propio cuerpo, se había creado la nada absoluta. Se me habían quitado todos los objetos: el reloj, para que no tuviera noción del tiempo, el lápiz, para que no pudiera escribir nada, el cortaplumas,

»Así pasaron quince días en los que viví fuera del tiempo, fuera del mundo. Si entonces hubiera estallado una guerra, no me habría enterado; mi mundo consistía únicamente en una mesa, una puerta, una cama, un aguamanil, un sillón, una ventana y una pared; siempre clavaba la mirada en el mismo papel pintado de la misma pared; cada línea de su dibujo zigzagueante se alojó en el pliegue más íntimo de mi cerebro como si hubiera sido grabado con un buril de bronce, a fuerza de tanto mirarlo fijamente. Por fin comenzaron los interrogatorios. Te solían llamar repentinamente, sin que supieras bien si era de día o de noche, y te conducían a un lugar desconocido a través de varios pasillos; luego te hacían esperar sin saber dónde estabas, y de pronto te encontrabas frente a una mesa en torno a la cual se hallaban sentados unos cuantos individuos uniformados. Sobre esa mesa se apilaba un montón de papeles, expedientes cuyo contenido desconocía. Comenzaban las preguntas, las falsas y las verdaderas, las claras y las intencionadas, las imprevistas y las taimadas; y mientras respondías, malévolos dedos extraños hojeaban aquellos papeles, de los que no sabía a qué se referían, y anotaban algo igualmente desconocido en un expediente. Pero lo más terrible de esos interrogatorios era, para mí, no poder adivinar ni calcular lo que los agentes de la Gestapo sabían realmente en cuanto a lo que había ocurrido en mi bufete, y lo que querían arrancar-

hasta que las manos me sangraran y sentir cómo mis pies se helaban dentro de los zapatos; habría sido apilado con dos docenas de hombres en medio del hedor y del frío. Pero hubiera visto caras, hubiera podido mirar un campo, un carro, un árbol, una estrella, algo, cualquier cosa, mientras que en aquella habitación persistía invariablemente lo mismo, siempre lo mismo, esa espantosa monotonía. Allí no había nada capaz de distraerme de mis ideas, de mis manías, de mi enfermiza recapitulación. Y ese era precisamente el propósito... Debía engullir mis pensamientos, ellos debían ahogarme hasta que no tuviera más remedio que escupirlos, confesarlos, diciendo todo lo que los agentes querían; entregar por fin no solo el "material", sino también los nombres. Noté que poco a poco mis nervios comenzaban a ceder bajo esa presión espantosa, y consciente del peligro, procuré mantenerlos en tensión, buscando o inventando alguna distracción. Para ocuparme de alguna manera, empecé a recitar o reconstruir todo lo que alguna vez había aprendido de memoria: el himno nacional, las rimas de los juegos infantiles, los versos de Homero aprendidos en el instituto, los párrafos del código civil. Luego me esforzaba por calcular, sumar y dividir cualquier cantidad, pero mi memoria carecía en el vacío de fuerza de retención. Me resultaba imposible concentrarme en cosa alguna. Siempre surgía, intervenía, se entrometía la misma idea: ¿Qué saben?

¿Qué ignoran? ¿Qué dije ayer? ¿Qué debería decir la próxima vez?

»Ese estado, en verdad indescriptible, duró cuatro meses. Pues bien... Cuatro meses, eso se escribe en un momento, solo once letras. También se dice rápido: cuatro meses..., cuatro sílabas. Los labios articulan el sonido en un cuarto de segundo: ¡cua-tro me-ses! Pero nadie puede describir, puede medir, ni expresar ante los demás o a sí mismo cuánto dura el tiempo fuera del espacio, fuera del tiempo; y es imposible explicar cómo roe y carcome esa nada infinita que se cierne sobre uno, esa inacabable soledad con mesa y cama y aguamanil y empapelado, ese eterno silencio... Siempre el mismo centinela que trae la comida sin siquiera mirarte, siempre los mismos pensamientos que giran en la nada alrededor de un solo tema hasta confundir al que los concibe. Advertí, alarmado, pequeños indicios de que mi cerebro empezaba a trastornarse. Al principio había conservado todavía durante los interrogatorios una cierta claridad interior, había declarado serena y deliberadamente; funcionaba todavía aquel filtro que me permitía discernir lo que debía decir y lo que debía callar. Luego ya solo lograba articular tartamudeando hasta las frases más sencillas, porque mientras respondía miraba hipnotizado la pluma que corría sobre el papel, como si quisiera correr detrás de mis propias palabras. Noté que mis fuerzas flaqueaban, comprendí que se aproximaba más y más el momento en que, para salvarme, diría todo cuanto sabía y, quizá más aún, en que, para librarme del estrangulamiento de aquella nada, traicionaría a doce personas y su secreto, sin procurarme con ello más que una tranquilidad tan fugaz como un parpadeo. Cierta tarde, efectivamente, ya había llegado a ese punto. En ese momento de sofocación el centinela me trajo, por casualidad, la comida y yo le grité: "¡Lléveme a declarar! Quiero contarlo todo. Todo. Dónde se hallan los papeles, dónde se encuentra el dinero. Lo diré todo, todo". Por fortuna, no me oyó. También puede ser que no quisiera oírme.

»Cuando la desesperación llegaba así a su punto álgido, ocurrió algo inesperado que me salvó, aunque fuese solo por algún tiempo. Era un día nublado, oscuro, lluvioso de fines de junio. Recuerdo muy bien esos detalles porque la lluvia tamborileaba contra las ventanas del pasillo por el que me condujeron al interrogatorio. Debía esperar en una antecámara. Siempre había que esperar antes de pasar a declarar. Esas esperas formaban parte del interrogatorio. Primero se desgarraban los nervios del individuo, llamándolo y sacándolo en medio de la noche de su habitación; y cuando uno se había dispuesto interiormente para hacer frente a las preguntas, cuando ya se habían preparado la voluntad y la inteligencia para resistir, le obligaban a uno a esperar, le imponían hábilmente una espera sin sentido, de dos y tres horas, a fin

mojados, los capotes de mis torturadores. Tenía, pues, algo nuevo, algo diferente que contemplar, algo distinto, por fin, en que posar mis ojos hambrientos, que se clavaban ávidos en cada detalle. Observé cada pliegue de esos capotes; me fijé, por ejemplo, en una gota que pendía de uno de los cuellos mojados y, por más ridículo que parezca, esperaba con una excitación inmensa para ver si esa gota terminaría por caer a lo largo del pliegue o si resistiría más tiempo todavía la fuerza de gravedad, permaneciendo en su lugar. Sí, me quedé mirando esa gota fijamente, durante algunos minutos y con la respiración contenida, como si mi vida dependiera de esa observación. Después, cuando finalmente se hubo deslizado, volví a contar los botones de los capotes, ocho en el primero, ocho en el segundo, diez en el tercero. Luego comparé los galones. Mis ojos hambrientos tocaban, acariciaban, apresaban todas esas pequeñeces ridículas y carentes en absoluto de importancia con una avidez que soy incapaz de describir. De pronto, mi mirada quedó fija, como irresistiblemente atraída, en algo. Había observado que el bolsillo de uno de aquellos capotes estaba un poco abultado. Me acerqué más y creí adivinar en el rectángulo de la deformación lo que contenía aquel bolsillo ensanchado: ¡un libro! Se me aflojaron las rodillas. Empecé a temblar. ¡Un LIBRO! Durante cuatro meses no había tenido un libro en mis manos, y en aquella circunstancia, resultaba casi embriagadora y a la vez hipnótica la mera idea de un libro en el cual se pudieran ver palabras ordenadas en filas, líneas, páginas, un libro que se podía leer, cuyo texto podía seguirse, del que el cerebro podía tomar para su uso propio ideas nuevas y ajenas que lo distrajeran. Hechizados, mis ojos quedaron fijos en la pequeña protuberancia de aquel bolsillo, brillando como si quisieran perforar el capote. Por último, no me pude controlar; involuntariamente me fui acercando. La sola idea de poder palpar un libro a través de la tela del capote crispó los nervios de mis dedos hasta las uñas. Casi sin darme cuenta, me arrimé más y más. Afortunadamente, el centinela no prestó atención a mi actitud, por supuesto extraña; quizá también le pareció natural que, después de dos horas de estar de pie, un hombre procurase apoyar su cuerpo contra una pared. Ya me había colocado cerca del capote, con los brazos cruzados sobre la espalda, a fin de poder tocar aquella prenda sin despertar sospechas. Toqué la tela y palpé un objeto rectangular, flexible, y que crujía suavemente... ¡un libro! ¡Un libro! Y una idea me atravesó como un disparo: ¡roba ese libro! Quizá lo consigas y entonces podrás llevártelo, esconderlo en tu habitación y ¡leerlo, leer, por fin volver a leer! Tan pronto como la idea se hubo apoderado de mí, obró a modo de un fuerte veneno; de repente, mis oídos empezaron a zumbar, y el corazón, a golpear con vehemencia, mis manos quedaron heladas y ya no me obedecían. Pero pasado el primer aturdimiento, me arrimé silenciosa y cautamente, y sin perder de vista al centinela, poniéndome cada vez más cerca del capote, empujé el libro con los dedos escondidos sobre la espalda hasta hacerlo sobresalir del bolsillo. Luego un gesto, un movimiento apenas perceptible, cuidadoso, y de pronto tenía en la mano un librito, no muy voluminoso, por cierto. Solo entonces me di cuenta aterrado de lo que acababa de hacer. Pero ya no podía volver sobre mis pasos, y se presentaba la duda: ¿dónde podía meterlo? Guardé el libro en la espalda, dentro del pantalón, a la altura del cinturón, y luego lo desplacé poco a poco hacia adelante, hasta la cadera, para sostenerlo mientras caminaba con la mano firme y militarmente apretada contra la costura. Entonces pasé la primera prueba. Me aparté del guardarropa, un paso, dos pasos, tres pasos. Todo iba bien. Era, efectivamente, posible sostener el libro con solo apretar la mano con fuerza contra la costura mientras caminaba.

»Se me hizo pasar a la habitación contigua para someterme al interrogatorio, que requería de mi parte un mayor esfuerzo que nunca, porque durante toda mi exposición debía concentrar mi energía no en lo que decía, sino sobre todo en la precaución de sostener el libro sin despertar sospechas. Por fortuna, esa vez se me formularon pocas preguntas y conseguí transportar mi libro felizmente a mi habitación. No le entretendré con todos los pormenores; no le distraeré para contarle el momento de zozobra que pasé cuando en el pasillo el libro se deslizó peligrosamente del pantalón y tuve que simular un fuerte acceso de tos para agacharme y poder restituir mi tesoro, sin inconveniente, a su lugar, a la altura del cinturón. Pero ¡qué segundo, en cambio, aquel en que pude introducirlo en el infierno de mi habitación, solo por fin, y ya nunca más tan solo!

»Usted supondría sin duda que saqué el libro inmediatamente para contemplarlo y leerlo. ¡Nada de eso! Quería saborear el placer previo de saberme en posesión de un libro; el deleite artificialmente prolongado y que excitaba maravillosamente mis nervios, el gusto de soñar y pensar en qué clase de libro habría preferido que fuese el que acababa de robar. Un libro, claro está, de letra muy menuda, eso en primer término, un libro con muchos caracteres, cuantos más, mejor; muchas, muchísimas páginas, para que fuese lo más largo posible el tiempo que emplearía en leerlo. Y luego deseaba que fuese una obra que me exigiese un esfuerzo intelectual, nada superficial, nada fácil, sino algo que se pudiera aprender, aprender de memoria, poesías, preferentemente (¡qué sueño tan atrevido!), un libro de Goethe o de Homero. Pero al final no pude resistirme más tiempo a mi avidez, a mi curiosidad. Tirado en la cama, de tal modo que el centinela no pudiese descubrirme en caso de que abriera la puerta repentinamente, saqué temblando el tomo de entre mis ropas.

»El primer vistazo me deparó un desengaño, por no decir una especie de amarguísimo disgusto: aquel libro conseguido a costa de tan gran peligro, guardado con tan ardiente esperanza, no era sino un compendio de ajedrez, un compendio de ciento cincuenta partidas de campeones. Si no me hubiera encontrado encerrado y enjaulado, en el primer arrebato de furia hubiese arrojado el libro por la ventana, pues ¿qué iba a hacer yo con aquella cosa tan absurda? En el instituto había probado alguna vez, como la mayoría de los estudiantes, mi habilidad frente a un tablero de ajedrez para vencer el tedio. Pero ¿qué podía hacer en aquellas circunstancias con aquella nadería teórica? No se puede jugar al ajedrez sin un contrincante, y menos aún sin piezas y sin tablero. Hojeé el libro de mal humor, pero con la secreta esperanza de encontrar, pese a todo, algo que pudiese leer, un prefacio, unas instrucciones, pero no hallé más que los diagramas cuadrados de las distintas partidas y al pie de estos unos signos que al principio me resultaban incomprensibles: *a2-a3*, *cf1-g3*, etcétera. Todo eso se me antojaba como una especie de álgebra cuya clave ignoraba. Solo poco a poco fui descubriendo que las letras *a*, *b*, *c* indicaban las filas verticales, mientras que las cifras del 1 al 8 correspondían a las filas horizontales, determinando las respectivas combinaciones

cia? Al cabo de seis días logré jugar la primera partida sin cometer ningún error; ocho días después ya ni siquiera me hacían falta las migas sobre la colcha para representar las posiciones señaladas en el tratado de ajedrez; y otros ocho días después ya no necesitaba siquiera la colcha, ya que, en mi cerebro, los signos abstractos del libro, *a1*, *a2*, *c7*, *c8*, se habían convertido en imágenes plásticas y visibles. La transformación se había culminado: había conseguido proyectar el tablero de ajedrez con todas sus piezas en mi mente, y gracias a aquellas fórmulas, abarcaba de un vistazo todas las posiciones sobre el tablero, del mismo modo que a un músico experto le basta simplemente con mirar la partitura para oír las voces y percibir su armonía. Al cabo de otros quince días más estaba en condiciones de jugar sin ninguna dificultad cualquier partida del libro, reproducirla de memoria o, para emplear el término técnico, "a ciegas"; solo entonces empecé a comprender el inmenso beneficio de aquel hurto atrevido. Porque de pronto tenía una ocupación, un quehacer sin sentido, inútil, si usted quiere, pero con todo, algo que anulaba la nada que se cernía a mi alrededor. Las ciento cincuenta partidas de maestros constituían para mí un arma maravillosa contra la aplastante monotonía del espacio y del tiempo. Para conservar intacto el encanto de mi nueva ocupación, dividí desde entonces las jornadas, imponiéndome como deber dos partidas por la mañana, dos partidas por la tarde, y un rápido repaso al anochecer. Con ello adquirían mis días un contenido, mientras que hasta entonces se habían prolongado vacuamente; tenía algo que hacer sin cansarme, porque el juego del ajedrez posee la magnífica ventaja de no agotar el cerebro, pese a requerir un esfuerzo mental más intenso, pues reduce el empleo de las energías intelectuales a un campo estrechamente limitado, aguzando la agilidad y la elasticidad de la mente. Poco a poco la reconstrucción de las partidas de maestros que primero efectuaba de un modo totalmente mecánico fue causándome un interés artístico, placentero. Llegué a conocer las finezas, las agudezas y perfidias del ataque y de la defensa; comprendí la técnica de la previsión, combinación y réplica, y pronto descubrí también la nota personal de cada campeón, las características de su manejo individual, que pueden distinguirse tan indefectiblemente como puede reconocerse el autor de un poema a través de la lectura de unos pocos versos. Lo que había comenzado como actividad destinada únicamente a pasatiempo se convirtió en deleite, y las figuras de los grandes estrategas del ajedrez como Allekhin, Lasker, Bogollubov, Tartakover se convirtieron en estimados camaradas en mi soledad. Una variación infinita animaba diariamente la muda celda, y la regularidad de mis ejercicios, sobre todo, devolvió la ya socavada seguridad a mis facultades intelectuales;

y no se presentaban más sorpresas, alternativas ni problemas. Para ocuparme, es decir, para procurarme el esfuerzo y la distracción intelectuales que ya se me habían vuelto indispensables, hubiera necesitado otro libro que reprodujera otras partidas. Pero como quedaba absolutamente fuera de lo posible conseguirlo, me quedó un solo camino en ese curioso laberinto en que me hallaba: debía inventar partidas nuevas para reemplazar las que ya conocía. Había de procurar jugar conmigo mismo, o mejor aún, contra mí mismo.

»No sé hasta qué punto usted habrá reflexionado alguna vez sobre la disposición mental que requiere ese juego de juegos. Sin embargo, la más fugaz reflexión bastará para poner en evidencia que, en el ajedrez, que es un juego que requiere del uso de la razón y el pensamiento, independiente por completo del azar, sería un absurdo querer jugar contra uno mismo. En el fondo, el atractivo del ajedrez descansa únicamente en el hecho de que su estrategia se desarrolla de distinto modo en dos cerebros; que en esa guerra del intelecto, el negro ignora las maniobras e intenciones del blanco, aunque trata continuamente de adivinarlas y malbaratarlas, mientras que el blanco, a su vez, procura adelantarse y frustrar los propósitos inconfesos del negro. Ahora bien, si el negro y el blanco quedaran representados por la misma persona, se produciría la contradictoria situación de que un cerebro debería al mismo tiempo saber algo e ignorarlo. Sería necesario que, jugando en función del blanco, pudiese olvidar totalmente, como siguiendo una orden, lo que un minuto antes había querido e intentado cuando representaba el contrincante negro. Semejante pensamiento doble supondría en realidad una división absoluta de la conciencia, un abrir y cerrar a discreción de las funciones del cerebro como si se tratase de un aparato mecánico; querer jugar contra sí mismo significa, pues, en materia de ajedrez, igual paradoja que querer saltar sobre la propia sombra.

»Bien, yendo al grano, he aquí que durante meses intentaba en mi desesperación llevar a cabo ese imposible, ese absurdo. No me quedaba otra alternativa que incurrir en ese contrasentido para no caer víctima de la locura pura o de un total marasmo intelectual. Una situación angustiosa me obligaba a intentar, al menos, esa escisión en blanco y negro para no hundirme en la horrible nada que me rodeaba.

El doctor B. se reclinó en su sillón y cerró los ojos por un momento. Parecía querer alejar un recuerdo que le azoraba. Nuevamente se produjo en la comisura izquierda de su boca ese extraño y brusco movimiento que no sabía dominar. Luego se volvió a enderezar un poco en su asiento.

—Bien; hasta aquí espero habérselo explicado todo de una manera más o menos comprensible. Pero, por desgracia, estoy lejos de tener la certeza

o cinco jugadas. En ese juego realizado en el espacio abstracto de la fantasía (perdone usted que pretenda que imagine y reflexione sobre ese contrasentido), debía calcular de antemano cuatro o cinco jugadas que efectuaría como jugador blanco y otras tantas que llevaría a cabo como jugador negro; es decir, que debía combinar por adelantado todas las situaciones que iban a resultar y hacerlo, por así decirlo, con dos cerebros, con el cerebro blanco y el cerebro negro. Con todo, esa autoescisión no era el aspecto más peligroso de mi abstruso experimento. Lo peor era que, con la invención autárquica de partidas, corría el riesgo de perder el pie y resbalarme hacia un abismo infinito. La mera reconstrucción de las partidas magistrales que había llevado a cabo en las semanas anteriores no había constituido más que un esfuerzo repetitivo, la simple recapitulación de una materia existente, y como tal no cansaba más que, por ejemplo, aprender de memoria unos cuantos poemas o los párrafos de alguna ley. Era una tarea limitada, disciplinada y, por consiguiente, un excelente ejercicio mental. Las dos partidas que solía jugar a la mañana y las dos que jugaba a la tarde representaban un deber determinado que cumplía sin la menor excitación nerviosa; eran un excelente ejercicio mental y, además, el libro me ofrecía algún apoyo cuando en el transcurso de alguna partida me equivocaba o no sabía seguir adelante. Esa actividad había sido beneficiosa y

tenía otra cosa que ese juego insensato contra mí mismo, mi rabia y mi afán de venganza se abalanzaron fanáticamente sobre ese juego. Algo en mi interior quería tener razón, y solo me quedaba ese otro yo dentro de mí para combatirlo; de esa suerte me exaltaba durante el juego hasta llegar a una excitación casi maníaca. Al principio reflexionaba todavía de forma tranquila y serena, intercalaba pausas entre una partida y la siguiente a fin de reponerme del esfuerzo; pero, poco a poco, mis nervios alterados ya no me permitían tales esperas. Apenas mi yo blanco había movido una pieza, mi yo negro avanzaba febrilmente; apenas terminaba mi partida, me retaba a la siguiente, puesto que cada vez uno de mis dos yoes ajedrecistas había quedado vencido, pidiendo la revancha. Nunca sabré decir, ni por asomo, cuántas partidas jugué en esos últimos meses de mi encierro contra mí mismo, a causa de esa alocada insaciabilidad. Habrán sido mil, tal vez más. Fue una locura que no pude resistir; de la mañana a la noche no pensaba más que en peones y alfiles, torres y reyes, en *a* y *b* y *c*, en jaque y mate, hundiéndome con todo mi ser y sentir en el tablero a cuadros. La alegría de jugar se había transformado en pasión del juego, la pasión del juego en necesidad de jugar, en manía, en frenesí que se adueñó no solo de mis horas de vigilia, sino poco a poco también de mi sueño. Ya no podía pensar sino en términos de ajedrez, en movimientos y problemas de ajedrez; a veces me despertaba con la frente húmeda y me daba cuenta de que, en mis sueños, inconscientemente desde luego, debía haber seguido jugando. Cuando soñaba con personas, estas se movían sin excepción como alfiles, torres y caballos. Incluso cuando se me llamaba para declarar, no me era posible pensar de un modo preciso en mi responsabilidad; tengo la sensación de que en los últimos interrogatorios debo haberme expresado de manera un tanto confusa, porque los funcionarios se miraban a veces visiblemente extrañados. Pero mientras ellos preguntaban y deliberaban, yo, en mi pasión desdichada, solo esperaba en realidad que se me condujera nuevamente a mi encierro para proseguir mi juego, mi juego demente, otra partida y otra, y otra más. Cada interrupción me molestaba; el cuarto de hora que necesitaba el centinela para poner mi habitación en orden, y aun los dos minutos que tardaba en entregarme las comidas, martirizaban mi febril impaciencia; a veces, la bandeja con la comida llegaba hasta la noche sin que la hubiese tocado, porque jugando, jugando, me había olvidado de comer. Lo único que sentía físicamente era una sed terrible; debe haber sido consecuencia de la fiebre causada por aquella manera de pensar y jugar sin interrupción. Vaciaba la botella en dos grandes sorbos y pedía al centinela más agua. Me la traía y, no obstante, al momento volvía a sentir la lengua reseca en la boca. Por último, la excitación que experimenta-

cuidadosamente los ojos. Y, ¡milagro...!, me encontraba en otra habitación, más ancha y más amplia que la celda del hotel. Una ventana sin rejas daba paso a la luz, dejando que mi mirada se posara sobre verdes árboles mecidos por el viento en lugar de la monótona pared. Los muros eran blancos y relucientes, y el cielo raso se tendía blanco y alto sobre mí; era cierto, me hallaba en otra cama, en una cama extraña, y no estaba soñando, pues los susurros que se oían a mi espalda provenían de voces humanas reales. Mi sorpresa debió hacer que me moviera sin querer y bruscamente, pues enseguida oí unos pasos que se acercaban desde atrás. Se aproximó una mujer con movimientos suaves, una mujer con una cofia blanca en la cabeza, una enfermera, una hermana. Me recorrió un escalofrío: ¡hacía un año que no veía una mujer! Me quedé mirando la dulce figura fijamente, y mi mirada debió ser salvaje, ensimismada, porque la mujer me tranquilizó inmediatamente con un "¡Quieto! ¡Quédese quieto!". Pero yo solo escuchaba su voz... ¿No era un ser humano el que me hablaba? ¿Existía de verdad en el mundo una persona que no me interrogase, que no me atormentase? Y además..., ¡milagro incomprensible!, una suave, cálida, casi dulce, voz femenina. Miré ávidamente su boca, porque en esos meses infernales me había llegado a parecer inverosímil que una persona pudiese hablar a otra de un modo bondadoso. Me sonrió... Sí, sonrió; aún quedaban personas capaces de sonreír con amabilidad... Luego puso sus dedos sobre los labios en señal de advertencia, y se alejó en silencio. Pero me fue imposible obedecer su orden. Aún no había visto suficientemente ese milagro. Procuré incorporarme en mi cama para seguir con la mirada ese prodigio de bondad humana. Pero cuando quise apoyarme en el borde, no lo conseguí. Lo que debía ser mi mano derecha, los dedos y el puño, lo sentí como algo extraño, un gran bulto blanco y grueso que parecía un voluminoso vendaje. Primero miré sin comprender esa cosa blanca, gruesa, extraña en mi mano; luego empecé a darme cuenta de dónde me encontraba y a reflexionar sobre lo que podía haberme sucedido. Alguien debía haberme herido o yo mismo me había dañado la mano. Me hallaba en un hospital.

»Al mediodía se presentó el médico, un señor amable de cierta edad. Conocía mi apellido y mencionaba con todo respeto a mi tío, el médico de cabecera del emperador, de manera que enseguida tuve la sensación de que albergaba buenas intenciones. Me hizo diversas preguntas, entre ellas una, sobre todo, que me sorprendió...: si era matemático o químico. Contesté que ni lo uno ni lo otro.

»—Es extraño —murmuró—. En su delirio febril usted siempre murmuraba fórmulas tan raras, $c3$, $c4$... Ninguno de nosotros comprendimos su sentido.

»Le pregunté qué me había sucedido. Sonrió misteriosamente.

»—Nada grave. Una irritación aguda de los nervios —agregó en voz baja, después de mirar detenidamente a su alrededor—. Muy comprensible, al fin y al cabo. ¿Desde el trece de marzo, verdad?

»Asentí con un movimiento de cabeza.

»—No me sorprende, con esos métodos —murmuró—. No es usted el primero. Pero no se preocupe.

»Por el modo tranquilizador en que me dijo todo eso en voz baja y por su mirada apaciguadora comprendía que, atendido por ese médico, me encontraba en buenas manos.

»Dos días después, el bondadoso doctor me contó con bastante franqueza lo que había ocurrido. El centinela me había oído gritar en mi encierro y creído, en un principio, que alguien había entrado en mi habitación y que yo peleaba con ese supuesto intruso. Pero en cuanto abrió la puerta, me abalancé sobre él, increpándolo con insultos y gritos del tipo "¡Mueva de una vez, maldito cobarde!", tratando de asirle por la garganta y zarandeándolo con tanta fuerza que tuvo que pedir ayuda. Cuando luego me arrastraron en ese estado de demencia a ver al médico, me liberé de repente y me lancé contra la ventana del pasillo, rompiendo el cristal y cortándome las manos; aún puede usted reconocer aquí la profunda cicatriz. Pasé las primeras noches en el hospital bajo una especie de delirio, pero en aquel momento, según el médico, ya había recuperado mi lucidez habitual.

»—Desde luego —agregó—, será mejor que no cuente nada de estos a esos señores, porque de lo contrario serían capaces de volver a encerrarlo. Cuente usted conmigo. Haré todo cuando esté a mi alcance.

»Desconozco los informes que aquel médico caritativo entregó a mis torturadores. Solo sé que consiguió de una manera u otra lo que se había propuesto: mi liberación. Tanto puede ser que me incapacitara como que entretanto la Gestapo perdiera todo interés en mi persona, dado que para aquel entonces Hitler había ocupado Checoslovaquia, con lo cual el caso de Austria quedaba resuelto y concluido para él. Solo se me exigió, pues, que firmase el compromiso de abandonar nuestra patria en un plazo de quince días, y en esa quincena estuve tan atareado con las mil formalidades que hoy en día debe cumplir el ciudadano del mundo de antaño para poder salir de su país (documentos militares, policiacos, impuestos, pasaportes, visados, certificado médico) que no me quedó tiempo para pensar mucho en lo ocurrido. Parece que en nuestro cerebro obran fuerzas misteriosamente reguladoras que eliminan automáticamente cuanto puede resultarle molesto y peligroso a nuestra alma, porque siempre que quiero recordar el tiempo de mi encierro se apaga la luz en mi cerebro, por así decirlo; solo al cabo de muchas semanas, en realidad solo aquí, a bordo de este barco, he tenido el valor de recordar lo que me sucedió.

»Ahora usted comprenderá acaso por qué me comporté ante sus amigos de un modo tan impropio e incluso incomprensible. Fue mera casualidad que atravesara el salón de fumadores cuando sus amigos estaban entretenidos jugando al ajedrez; al verlos, la sorpresa y el terror me paralizaron de forma instintiva. Pues debe usted saber que había olvidado por completo que se puede jugar al ajedrez con un tablero y piezas reales; había olvidado que en ese juego dos personas absolutamente distintas se sientan físicamente una frente a la otra. Necesité, en realidad, varios minutos para darme cuenta de que aquellos jugadores hacían, en el fondo, lo mismo que en mi desamparo había tratado durante meses de hacer contra mí mismo. Los signos que me habían servido durante mis furiosos ejercicios solo eran un sustituto de aquellas piezas de madera. La sorpresa que experimenté al comprobar que esa manera de mover las piezas sobre el tablero era la misma que llevé a cabo en el espacio de mi imaginación se parecía posiblemente a la de un astrónomo que hubiera calculado con los métodos más complicados, sobre el papel, la existencia de un planeta nuevo, y luego lo viera efectivamente en el cielo como estrella blanca, clara, sustancial. Como atraído por un imán, me quedé mirando fijamente el tablero, y allí vi mis diagramas, los alfiles, peones, reyes y torres, convertidos en figuras tangibles talladas en madera. Para tener una visión de conjunto de la partida, hube de transferirla involuntariamente de mi mundo abstracto de cifras al de las piezas que se movían sobre el tablero. Poco a poco me venció la curiosidad y quise observar ese juego real entre dos contrincantes. Entonces ocurrió ese molesto desliz mío, que, olvidándome de la más elemental cortesía, me llevó a intervenir en su partida. Pero aquel movimiento equivocado de su amigo me hirió como una puñalada en el corazón. Lo retuve en un acto puramente instintivo, un movimiento impulsivo comparable al que se efectúa cuando sin pensarlo se agarra a un niño que se inclina sobre una barandilla. Solo más tarde me di cuenta de la grosera falta de tacto que había cometido al entrometerme en el juego.

Me faltó tiempo para asegurarle al doctor B. que estábamos encantados de deber a esa casualidad el gusto de conocerle, y que, después de todo lo que acababa de confesarme, me resultaría doblemente interesante verlo jugar al día siguiente en el improvisado torneo. El doctor B. hizo un gesto que revelaba cierta inquietud.

—No, no espere usted demasiadas cosas. No debe ser para mí más que un ensayo..., una prueba..., para cerciorarme de si en realidad soy capaz de jugar una partida de ajedrez normal, una partida sobre un tablero real con piezas tangibles y un contrincante viviente..., porque ahora se acrecienta cada vez más la duda de si aquellas partidas, aquellas centenares y acaso millares de partidas que había jugado eran en verdad auténticas partidas de ajedrez o si solo eran una suerte de ajedrez soñado, producto del delirio, un ajedrez febril en que, como en los sueños, me saltaba fases intermedias. Supongo que usted no esperará en serio que sea capaz de enfrentarme a un maestro del ajedrez y, por añadidura, nada menos que al actual campeón del mundo. Lo que me interesa e intriga es solo la curiosidad, el deseo de comprobar si lo que hacía en mi encierro eran todavía partidas de ajedrez o si ya era locura, si entonces me encontraba a un paso del abismo o más allá del mismo...; eso únicamente, nada más que eso.

En ese momento se oyó desde el otro lado del barco el gong que llamaba a la cena. Debíamos de haber estado charlando casi dos horas. Lo que aquí reproduzco es solo un resumen de lo que me contó el doctor B., quien abundó en pormenores mucho más explícitos. Le manifesté mi cordial agradecimiento y me despedí. Pero aún no había recorrido toda la cubierta cuando siguiéndome a grandes pasos me alcanzó para agregar todavía, visiblemente nervioso y hasta tartamudeando un poco:

—¡Otra cosa quería decirle! Haga usted el favor de avisar a los señores, de antemano, para que luego no parezca descortés, que jugaré una sola partida... Quiero que sea el punto final a una vieja historia..., un cierre definitivo y no un nuevo comienzo... No quisiera sucumbir por segunda vez a esa apasionada fiebre del juego que me espanta solo de recordarla..., y, además..., el médico me previno aquella vez..., me advirtió expresamente... Todo el que alguna vez ha sufrido una manía se halla en peligro constante..., y el que ha sufrido una intoxicación de ajedrez..., aunque luego se haya curado..., hará mejor en no acercarse a ningún tablero... Usted me entiende, ¿verdad? Una sola partida que me sirva de comprobación y nada más.

Al día siguiente, a la tres, la hora convenida, nos encontrábamos todos reunidos en el salón de fumadores. Se habían sumado a nuestro grupo otros dos aficionados al ajedrez, dos oficiales de a bordo que habían solicitado permiso para poder asistir, en calidad de espectadores, a aquel encuentro. Ni siquiera Czentovic se hizo esperar, como el día anterior, y después de la obligada elección de los colores, empezó la memorable partida de aquel *Homo obscurissimus* contra el célebre campeón del mundo. Lamento que haya sido jugada para espectadores absolutamente incompetentes y que su desarrollo se haya perdido para los anales del arte del ajedrez, del mismo modo que para el arte de la música se han perdido las improvisaciones al piano de Beethoven. Es cierto que entre todos tratamos de reconstruir de memoria esa partida en los días siguientes, pero fue en vano; probablemente concentramos nuestra atención durante la partida, con demasiada pasión e interés, en los jugadores, en vez de fijarla en el juego. Y eso sucedía porque el manifiesto contraste intelectual en las actitudes de ambos contrincantes fue adquiriendo durante la partida cada vez mayor plasticidad corporal. Czentovic, siguiendo su habitual rutina, permaneció inmóvil como una piedra todo el tiempo, con los ojos fijados con severidad en el tablero; la reflexión parecía constituir para él un esfuerzo casi físico que obligaba a todos sus órganos a la máxima concentración. El doctor B., en cambio, se movía con absoluta flexibilidad y soltura. Como verdadero aficionado, que juega solo por el deleite inherente al juego, no se esforzó; su cuerpo estaba distendido; nos hablaba durante las pausas para darnos explicaciones; encendía con mano fácil un cigarrillo y solo miraba el tablero, durante un minuto, cuando le tocaba mover pieza. Siempre daba la impresión de haber estado esperando de antemano la jugada de su contrario.

Los tradicionales movimientos de apertura se sucedieron con bastante rapidez. Solo después de la séptima u octava jugada tuvimos la impresión de que se desarrollaba sobre el tablero algo así como un plan determinado. Czentovic se tomaba más tiempo para reflexionar; esto nos dio

reflexión, a mover una pieza con su pesada mano, nuestro amigo solo sonreía, como quien ve que se cumple algo que había estado esperando desde mucho antes, y respondía casi al instante. Su inteligencia viva y veloz debió de haberle permitido calcular mentalmente con anticipación todas las posibilidades de que disponía su adversario; cuanto más tardaba Czentovic, tanto más aumentaba por esa misma razón su impaciencia, y en sus labios apretados se dibujaba, durante la larga espera, un gesto molesto, casi hostil. Pero Czentovic no mostraba la menor prisa. Pensaba, mudo y terco, e intercalaba pausas cada vez más prolongadas, a medida que las piezas desaparecían del tablero. Cuando se ejecutó la cuadragésima segunda jugada —y para entonces ya habían transcurrido dos horas y tres cuartos—, todos estábamos sentados, con fatiga y casi sin interés, en torno a la mesa de juego. Uno de los oficiales de a bordo ya se había retirado; otro de los espectadores se había procurado un libro y lo leía, levantando la vista solo un instante cada vez que se producía un cambio en el tablero. Al hacer entonces Czentovic una jugada, ocurrió lo inesperado. Tan pronto como el doctor B. observó que su contrario tocaba el caballo para adelantarlo, se encogió como un gato que se dispone a dar un salto. Todo su cuerpo temblaba, y no bien Czentovic hubo movido el caballo, empujó con brusquedad la reina hacia adelante y dijo triunfante y en alta voz:

y venir nervioso, cubrían siempre el mismo espacio. Era como si en medio del vasto salón hubiese chocado con una barrera invisible que le obligaba a desandar sus pasos. Y espantado reconocí que su recorrido reproducía inconscientemente la medida de su celda de antaño; exactamente así debía haber andado arriba y abajo en los meses de su reclusión, como un animal enjaulado, con los puños cerrados como en aquellos instantes, convulso, con los hombros encogidos; así y solo así debía haber caminado mil veces, con las luces rojas de la demencia reflejándose en su mirada fija y no obstante febril. Sin embargo, su inteligencia parecía mantenerse perfectamente intacta, porque de vez en cuando se dirigía impaciente a la mesa para averiguar si, entretanto, Czentovic ya había tomado una decisión. Transcurrieron así nueve, diez minutos. Por fin ocurrió lo que ninguno de nosotros había esperado. Czentovic levantó lentamente la pesada mano que hasta entonces había quedado inmóvil sobre la mesa. Todos le mirábamos atentos a la espera de su decisión. Pero Czentovic no realizó ninguna jugada, sino que limpió el tablero de piezas, con ademán resuelto, aunque pausado. Solo entonces comprendimos: Czentovic había abandonado la partida. Había capitulado para no exponerse a un jaque mate visible, en presencia de todos nosotros. Había ocurrido lo inverosímil: el campeón del mundo, ganador de infinidad de torneos, se declaraba tácitamente vencido por un desconocido, un hombre que en veinte o veinticinco años no había tocado una pieza de ajedrez. Nuestro amigo, el hombre anónimo, ignorado, ¡había vencido en lucha abierta al mejor jugador de ajedrez del mundo!

Sin darnos cuenta, nos habíamos levantado uno después del otro, movidos por la excitación. Cada cual tenía la sensación de que nos correspondía decir o hacer algo, para dar rienda suelta a nuestra gozosa sorpresa. El único que no perdió su aplomo ni su calma era Czentovic. Solo al cabo de una pausa estudiada midió a nuestro amigo con una mirada dura:

—¿Otra partida? —preguntó.

—Desde luego —contestó el doctor B. con un entusiasmo que me resultó desagradable; y antes de que pudiese recordarle su propósito de no jugar más que una sola partida, volvió a sentarse y a ordenar de nuevo las piezas con una prisa febril. Tan aturdido las colocó que por dos veces se le deslizó un peón entre los dedos, cayendo al suelo. A la vista de su excitación desmesurada, mi malestar inicial se transformó en una especie de temor. Porque, en efecto, una agitación visible se había adueñado de aquel hombre, hasta entonces tan tranquilo y sereno; su boca se contraía cada vez con mayor frecuencia, convulsivamente, y su cuerpo temblaba como sacudido por una fiebre repentina.

—¡No! —le dije en voz baja—. ¡Ahora no! Déjelo por hoy. Basta. Eso le cansa demasiado.

—¿Cansarme? ¡Qué va! —contestó riendo sonora y maliciosamente—. Hubiera podido jugar diecisiete partidas en el tiempo que necesitamos para esa partida lenta y holgazana. Lo único que me cansa es el esfuerzo de no quedarme dormido a ese ritmo... ¡Vamos! ¡Empiece de una vez!

Esas últimas palabras las dijo en tono brusco, casi vehemente, dirigiéndose a Czentovic. Este lo miró tranquilo y con aplomo, pero su mirada pétrea ya exhibía la dureza de un puño cerrado. De pronto se percibió algo indefinible que emergía entre los dos contrarios: una tensión peligrosa, un odio apasionado. Ya no eran dos contrincantes que medían su habilidad en el juego, sino dos adversarios que se habían jurado aniquilarse mutuamente. Czentovic tardó mucho en abrir el juego, y tuve la clara sensación de que titubeaba deliberadamente. Gracias a su experimentado conocimiento táctico, se había dado cuenta, evidentemente, de que, con su lentitud, más que con otra cosa, cansaba e irritaba al contrario. Empleó, pues, nada menos que cuatro minutos para hacer la primera jugada, la más simple, la más corriente, adelantando el peón del rey por las dos casillas habituales. Nuestro amigo replicó inmediatamente, moviendo el peón de su rey en el mismo sentido; pero de nuevo Czentovic hizo una pausa larguísima, casi insoportable. Era como cuando se ve caer un poderoso rayo y se espera, angustiado, con el corazón agitado, el trueno, y el trueno no acaba de llegar nunca. Reflexionaba de forma muda y obstinada y, según yo notaba con una certeza cada vez mayor, con maliciosa lentitud; lo que me dio suficiente tiempo para observar al doctor B. Este acababa de tomar de un trago un tercer vaso de agua, recordándome así a la sed febril que, según me relató, padeció en su encierro. Se revelaban nítidamente todos los síntomas de una excitación anormal; vi cómo su frente se humedecía y cómo la cicatriz de la mano se ponía cada vez más roja y marcada. Pero aún se dominaba. Solo cuando Czentovic volvió a tomarse un tiempo infinito para la cuarta jugada, perdió la serenidad, gritándole de repente:

—¡Pero juegue ya de una vez!

Czentovic levantó fríamente la vista:

—Tengo entendido que hemos concertado un plazo de diez minutos por jugada. Es uno de mis principios no jugar en menos tiempo.

El doctor B. se mordió los labios; bajo la mesa, la suela de su zapato golpeaba cada vez más nerviosamente contra el suelo, y mi excitación también aumentaba, pues presentía que iba a ocurrir algo desagradable. En efecto, al octavo movimiento, se produjo un incidente. El doctor B., cada vez menos dueño de sí mismo, no pudo reprimir su tensión, y moviéndose en la silla de un lado para el otro, comenzó, sin darse cuenta, a tamborilear con los dedos sobre la mesa. De nuevo Czentovic levantó su pesada cabeza de aldeano.

—Le ruego que se abstenga de tamborilear. Me molesta. No puedo jugar así.

—¡Ja, ja! —rio el doctor B. secamente—. A la vista está.

Czentovic se puso colorado.

—¿Qué quiere usted decir con eso? —preguntó cortante y enojado.

El doctor B. volvió a soltar una risa breve y maliciosa.

—Nada. Que, por lo que parece, está usted nervioso.

Czentovic se calló y bajó la cabeza. Solo al término de diez minutos efectuó el movimiento siguiente, y con ese ritmo letal prosiguió todo el juego. Acabó por aprovechar cada vez la totalidad del tiempo convenido antes de ejecutar su jugada, y el comportamiento de nuestro amigo se volvía más extraño a cada intervalo. Daba la impresión de no interesarse ya por la partida, sino de pensar en cosas absolutamente distintas. Esta vez no corrió alocadamente arriba y abajo, sino que se quedó tranquilamente sentado, sin moverse de su lugar. Con la mirada fija y ausente en el vacío, murmuraba sin cesar palabras incomprensibles; o se perdía en infinitas combinaciones o elaboraba —eso era lo que íntimamente sospeché— partidas diferentes, porque cada vez que Czentovic se decidía finalmente a jugar, había que rescatarlo de su ausencia mental. Necesitaba entonces, cada vez, unos minutos para orientarse de nuevo en el tablero; así iba afianzándose en mí la sospecha de que el doctor B. se había olvidado hacía rato de Czentovic y de nosotros, hundiéndose en esa forma fría de la locura que podía de un momento a otro transformarse en violencia. Y, en efecto, la crisis se produjo al llegar la decimonovena jugada. Apenas Czentovic había movido su pieza, el doctor B. adelantó el alfil tres casillas, sin mirar el tablero, y gritó con tanta fuerza que todos nos sobresaltamos:

—¡Jaque! ¡Jaque al rey!

Inmediatamente miramos todos el tablero, curiosos por descubrir una jugada extraordinaria. Pero al cabo de un minuto sucedió lo que ninguno de nosotros habría imaginado. Czentovic alzó la cabeza lenta, muy lentamente y —cosa que nunca había hecho— nos miró a todos, uno por uno. Parecía gozar inconmensurablemente de algo, porque poco a poco se dibujó en sus labios una sonrisa de satisfacción y de evidente burla. Solo después de haber saboreado hasta el extremo su triunfo, inexplicable todavía para nosotros, se dirigió con simulada cortesía a la concurrencia:

—Lo siento..., pero no veo ningún jaque. ¿Acaso alguno de los señores ve un jaque a mi rey?

Volvimos a mirar el tablero y luego, preocupados, al doctor B. Un niño podía ver que el cuadro ocupado por el rey de Czentovic estaba, en efecto, protegido por un peón contra el alfil, de modo que no era posible dar jaque a ese rey. Nos azoramos. ¿Acaso nuestro amigo, en su aturdimiento, había llevado su pieza una casilla demasiado lejos o la había dejado demasiado cerca? Como nuestro silencio llamó la atención del doctor B., este también miró el tablero y empezó a tartamudear con violencia:

—¡Pero si el rey debe estar en *f7*...! Está mal colocado..., completamente mal... ¡Usted movió mal! Todo está fuera de su lugar... El peón debe estar sobre *g5* y no sobre *g4*... Pero... ¡si esta es una partida completamente distinta...! Esto es...

Se interrumpió de golpe. Yo le había agarrado con fuerza del brazo y hasta pellizcado, quizá, con tanto rigor, que debió sentirlo a pesar de su febril confusión, pues se dio la vuelta y me miró fijamente como un sonámbulo:

—¿Qué...? ¿Qué quiere usted?

Solo le dije *«Remember!»*, y pasé al mismo tiempo el dedo sobre la cicatriz de su mano. El doctor B. siguió involuntariamente ese gesto y posó una mirada vidriosa sobre la marca encarnada. Luego empezó de pronto a temblar y un escalofrío recorrió su cuerpo. Empalidecieron sus labios y murmuró:

—¡Por el amor de Dios...! ¿Acabo de decir o de hacer un disparate...? ¿Acaso volví a...?

—No —contesté en voz baja—. Pero debe interrumpir la partida en el acto, sin falta... ¡Recuerde lo que le dijo el médico!

El doctor B. se levantó como movido por un resorte.

—Perdone usted mi error tan torpe —dijo con su habitual voz y cortesía, inclinándose ante Czentovic—. Lo que acabo de decir es, naturalmente, un puro disparate. La partida es suya, desde luego.

Enseguida, volviéndose a nosotros, agregó:

—También debo pedir perdón a los señores. Pero les advertí de antemano que no depositaran grandes esperanzas en mí. Disculpen este lamentable incidente. Esta ha sido la última vez que pruebo suerte en el ajedrez.

Hizo una reverencia y se alejó del mismo modo, modesto y misterioso, con que había aparecido la primera vez. Solo yo sabía por qué ese hombre nunca más volvería a tocar una pieza de ajedrez, en tanto que los demás se quedaron un poco perplejos, con la incierta sensación de haberse librado a duras penas de un episodio ingrato y peligroso.

—*Damned fool* —rezongó McConnor, desencantado.

El último en levantarse de su asiento fue Czentovic, quien echó un último vistazo sobre la partida a medio terminar.

—Lástima —dijo magnánimamente—. El ataque no estaba mal dispuesto. Considerando que se trata de un diletante, ese caballero posee, en realidad, un talento excepcional.